BASTEI
LÜBBE

Peter Mennigen

pretender

Auge um Auge

Band 1

Ein Roman nach der gleichnamigen Serie bei V•X

BASTEI LÜBBE

BASTEI-LÜBBE-TASCHENBUCH
Band 12 720

Deutsche Erstveröffentlichung

Printed in Germany, Juni 1997
Einbandgestaltung: CCG, Köln
Titelbild: The Pretender™.

Satz: hanseatenSatz-bremen, Bremen
Druck und Bindung: Elsnerdruck, Berlin
ISBN 3-404-12720-X

1. KAPITEL
Der Test

Das Center
Interne Abteilung
31. Oktober 1963

Jarod lag auf dem harten Noppenboden und betrachtete stolz etwas, das eigentlich gar nicht existieren konnte. Der zehnjährige Junge hatte aus Bauklötzen ein zwei Meter hohes Abbild des Empire State Buildings gebaut und selbst die winzigsten Details berücksichtigt. Dabei war ein unscharfer Film der westlichen Außenfassade des Empire State Buildings alles, was er als Vorlage gehabt hatte. Den Rest hatte er sich einfach »erdacht«.

Jarod befand sich an dem sichersten und geheimsten Ort der Welt. Er war so geheim, daß nicht einmal der Präsident der Vereinigten Staaten von den hier stattfindenden Experimenten wußte.

Der Forschungskomplex *Das Center* lag mitten in einem undurchdringlichen militärischen Sperrgebiet. Die geheimen Testlabors waren unterirdisch angelegt. Tief in der Erde vergraben, in der untersten Ebene des Centers, lag das Herzstück der High-Tech-Labors. In diesem Raum befand sich Jarod.

Die Wände des Labors waren mit gehärtetem Stahlblech ausgekleidet. Bis auf einen Tisch gab es keine Möbel. An der gegenüberliegenden Wand war in Kniehöhe eine Kamera installiert, die Jarods Aktivitäten aufzeichnete.

»Mein Gebäude ist fertig«, rief Jarod stolz und sprang auf.

Hinter ihm trat Sydney durch eine Tür aus kugelsicherem Plexiglas. Seine geröteten Augen und die blasse Haut verrieten, daß er offensichtlich zu viel Zeit in den Labors unter der Erde verbracht hatte. Obwohl der Wissenschaftler mit seinen knapp dreißig Jahren noch sehr jung war, leitete er das wichtigste und geheimste Forschungsprogramm der Welt. Sydneys derzeitige Aufgabe bestand darin, Kinder mit außergewöhnlichen psychischen Fähigkeiten zu unterrichten.

Jarod hielt sich erst seit wenigen Stunden hier auf. Sydney hatte die dünne Akte studiert, in der Jarods bisheriges Leben dokumentiert war. Es unterschied sich in nichts von dem unzähliger anderer Jungen in seinem Alter. Und doch war Jarod etwas Besonderes. Er besaß eine latent vorhandene Fähigkeit, die ihn von allen anderen Menschen unterschied.

Sydney beugte sich zu der Kamera hinab und blinzelte in die Linse.

»Er ist knapp sechsunddreißig Stunden hier bei uns und zeigt bereits mehr Talent als all die anderen«, berichtete er enthusiastisch seinen unsichtbaren Zuschauern, die irgendwo in dem Komplex saßen und das Experiment auf hochauflösenden Bildschirmen verfolgten.

»Heh. Ich bin fertig!« rief Jarod immer wieder, drehte sich um und bemerkte dann den großen, schlaksigen Wissenschaftler.

»Ich bin Sydney«, antwortete dieser mit sanfter Stimme. »Ich werd' mich 'ne Weile um dich kümmern.«

»Wieso?« Jarod blickte sich verwirrt um. »Wo sind meine Ma und mein Dad? Wo sind meine Eltern?«

Sydney ließ die Frage unbeantwortet. Er glaubte nicht, daß Jarod seine Eltern jemals wiedersehen würde. Denn der Junge war eines dieser außergewöhnlichen Individuen, ein *Pretender*.

Pretender waren Genies, die die Fähigkeit besaßen, sich in jeden Lebensbereich hineinzuversetzen, sich im wahrsten Sinne des Wortes in jeden anderen Menschen zu verwandeln.

Im Jahre 1963 isolierte die Gesellschaft namens *Das Center* einen solchen Pretender von der Außenwelt. Einen kleinen Jungen namens Jarod. Eingeschlossen und streng bewacht, nutzten sie sein Genie für ihre inoffiziellen Forschungen aus. Doch dann, als ihr Pretender dreißig Jahre alt war, floh er . . .

2. *KAPITEL*

Dr. Jarod Russel

Anchorage
Alaska
Mai 1996

Mit heulenden Rotoren drehte der Helikopter eine Schleife über dem gewaltigen Öltanker. Das Schiff ankerte zwischen zerklüfteten Eisbergen, die steil aus dem Wasser ragten.

Sydney saß in der Maschine und hörte das Knistern im Kopfhörer des Piloten, der über Funk mit dem Tower sprach. Die Jahre hatten tiefe Falten in Sydneys Gesicht gegraben und sein Haar lichter werden lassen.

Hinter ihm saß der Zweite Offizier des Tankers. Diesem Mann verdankten sie die neuesten Informationen über Jarod. Miss Parker war ein weiterer Passagier. Sie hatte brünettes Haar und große Augen mit unglaublich langen Wimpern. Miss Parker sah bedeutend jünger aus als Mitte Zwanzig und strahlte eine Selbstsicherheit aus, die jeder sofort mit Macht in Verbindung brachte. Mit ihrer Figur hätte sie problemlos einen Job als Mannequin bekommen können, wären da nicht ihre Augen gewesen. In ihrem Blick lag etwas Hartes, Unnahbares und eine eisige Kälte.

Miss Parker und Sydney verfolgten die Spur, die Jarod nur wenige Tage zuvor hier hinterlassen hatte. Er hatte eine Bande Umweltsünder auffliegen lassen, die das Nordmeer verseuchten. Über vergiftete Fische war das Toxikum bis in die Nahrungsmittelkette der Menschen gewandert und hatte Opfer gefordert.

Sydney sah durch die Plexiglaskuppel, wie das aquamarinblaue Meer unter ihnen vorbeizog. Der Schatten des Hubschraubers zog über Wasser und schroffe Eisberge dahin. Sydney wunderte sich über die gewaltigen Ausmaße des Tankers und fragte sich, wieso Jarod sich ausgerechnet hier versteckt hatte.

Über dem Tanker begann der Pilot mit dem Sinkflug. Mitten auf Deck des Schiffes war eine Landeplattform mit einem Kreuz und Blinklichtern markiert. Der Pilot korrigierte leicht und setzte dann auf. Das Rotorengeräusch wurde leiser und verstummte schließlich ganz.

Miss Parker öffnete den Sicherheitsgurt, stieß die Tür auf und stieg aus. Eisige Luft schlug ihr entgegen. Ein scharfer Nordwind pfiff über das menschenleere Deck. Außer ihnen war keine Menschenseele mehr an Bord. Die Polizei hatte den Tanker beschlagnahmt. Die Crew war entweder in Untersuchungshaft oder hatte auf anderen Schiffen angeheuert. Die kriminellen Machenschaften des Reeders waren von seinem eigenen Kapitän – von Jarod aufgedeckt und an die Polizei weitergeleitet worden.

Miss Parker nahm einen tiefen Zug aus ihrer Zigarette und ließ ihren Blick über den Ozeanriesen schweifen.

»Vorsicht, Ma'am.« Der Zweite Offizier deutete auf

ihre glimmende Zigarette. »Die Stoffe, wie wir an Bord haben, sind hochexplosiv.«

»Das bin ich auch«, entgegnete Miss Parker. Sie lächelte, ließ die Kippe auf das Deck fallen und trat sie mit der Stiefelspitze aus. Der Zweite Offizier zuckte zusammen.

»Ich war immer dagegen, daß die Ladung auf See gelöscht wird«, sagte er auf dem Weg zur Brücke. »Ich wußte, daß die Chemikalien Schlimmes anrichten können. Ich bin froh, daß Kapitän Jarod uns hat auffliegen lassen.«

Sie betraten die Kommandobrücke, deren Wände hauptsächlich aus Glas bestanden. Der Rest war reichlich High-Tech.

»Wissen Sie, irgendwie vermiss' ich den Kerl«, fuhr der Zweite Offizier fort. »Obwohl er . . . schon etwas seltsam war. Er hat mich immer mit Fragen zum selben Thema gelöchert.«

»Und das wäre?« fragte Miss Parker, während ihr ein rotes Notizbuch auffiel, das auf der Ruderbank lag. Sie schlug es auf. Es enthielt Zeitungsausschnitte mit Berichten über die Folgen der Umweltsünden dieses Tankers.

»Über Menschen«, antwortete der Zweite Offizier und trat neben sie.

»Gehört das auch unserem Naseweis?« Miss Parker hob das Notizbuch hoch.

»Ja, ja, alles ist so, wie er es verlassen hat«, erwiderte der Zweite Offizier. »Dafür hat die Gesellschaft gesorgt. Sagen Sie, wollten Sie mich auf den Arm nehmen, als Sie sagten, Jarod sei in Wirklichkeit kein Kapitän?«

Miss Parker ignorierte die Frage. Sie fixierte den Inhalt des Buches wie den Teil für ein unvollständiges Puzzlespiel, für den sie die richtige Stelle suchte.

»Was ist das?« Sydney trat neben Miss Parker.

»Artikel über dieses Dorf auf den Aleuten, wo die gesamte Bevölkerung an verseuchtem Fisch erkrankt ist«, antwortete sie. »Er muß ziemlich in Eile gewesen sein, daß er das zurückgelassen hat.«

»Das kann er absichtlich getan haben ... als Hinweis.« Sydney hatte keine Ahnung, was sich in Jarods Kopf abspielte. Für ihn sah es mehr nach einer vorsätzlich gelegten Spur aus, der sie folgen sollten. Was wartete am Ende dieses Weges wohl auf sie? »Er will, daß ich weiter an ihm dranbleibe.«

»Und Ihr kleines Monster will einen Teddybär, nicht?« fragte Miss Parker zynisch.

»Jarod ist kein Monster!« widersprach Sydney.

»Nennen Sie ihn, wie Sie wollen ... Dr. Frankenstein«, entgegnete sie. «Sagen Sie mir nur, wo er ist.«

»Ich weiß nicht, wo er ist, Miss Parker«, antwortete er. »Aber ich fürchte, ich weiß, was er vorhat.«

New York
Hospital Queen of Angels

Früher einmal hatte das Viertel zwischen der fünfundvierzigsten und dreiundfünfzigsten Straße vor Leben vibriert und jeder hatte geglaubt, dieser Edelstein würde niemals aufhören zu leuchten. Aber das Juwel hatte schon lange seinen Glanz verloren. Übrig geblieben waren nur heruntergekommene Häuser und Hoffnungslosigkeit. Heute erinnerte sich kaum noch jemand an die ehemals glorreiche Zeit. Am Rande dieses Viertels, quasi auf der Grenze zwischen dem Ghetto und dem gutbürgerlichen Wohnviertel der Weißen, stand das Krankenhaus »Queen of Angels«. Es war ein langgezogener, vierstöckiger Bau, der etwas abseits von einer zweispurigen Straße lag. Seine monotone Backstein-Fassade hob sich deutlich von den verrußten Mauern des Viertels ab. Mehrere altersschwache Feuerleitern verunstalteten die trostlose Außenwand noch mehr. Eine großzügige Einfahrt, die von einem lebensgroßen Granit-Engel gesäumt wurde, führte zu dem zurückgesetzten Eingang. Davor grenzten Hecken einen weiträumigen Grasstreifen vom Bürgersteig ab.

Wie jeden Vormittag um diese Zeit war der Eingangsbereich des Hospitals zum Bersten voll mit Patienten. In dem überfüllten Korridor herrschte ein lärmendes Durcheinander aus herumstehenden, palavernden Kranken und hektisch umhereilenden Krankenschwestern. Irgendwo weinte jemand. Der Geräuschpegel schwoll in Abständen an und verebbte dann wieder.

Sanitäter rollten eine Trage mit einem Patienten herein. Sie arbeiteten routiniert und befestigten schnell Infusionsschläuche.

»Ich brauche hier einen Arzt oder eine Schwester!« schrie ein Sanitäter.

»Bin schon da.« Eine schlanke Krankenschwester trat an die Trage. »Was ist los?«

»Ich glaube, der Mann kollabiert«, meldete der Sanitäter.

»Moment, ich zieh' eine Spritze auf«, antwortete die Krankenschwester. »Eine Sekunde.«

Ein großer, schlanker Mann mit seltsam glasigen Augen betrat das Krankenhaus. Einige Patienten betrachteten ihn scheu und wandten sich dann mit instinktivem Unbehagen von ihm ab. Der Mann hieß Jarod. Er war groß, Anfang Dreißig und schlank. Jarod trug einen schäbigen langen Mantel mit abgewetzten Ärmeln und eine schwarze Hose aus grobem Stoff. Sein feingeschnittenes Gesicht war blaß. Er hatte dunkle Ringe unter den Augen, als hätte er mehrere Nächte nicht geschlafen. Jarod bahnte sich langsam, aber zielstrebig seinen Weg durch das hektische Gedränge im Eingangsbereich.

Nicht weit davon entfernt schob Costas, ein untersetzter, griechischer Einwanderer, einen Rollstuhl, in dem seine Mutter saß, herein. Mrs. Nikkos war eine betagte, aber nichtsdestotrotz resolute kleine Frau mit weißem Haar und strengem Gesicht. Sie trug ein Kopftuch und ein dunkles, unauffälliges Kleid, wie es in ihrer griechischen Heimat für Frauen ihres Alters üblich war. Costas sprach Gwen Porter, die dunkelhäutige Oberschwester, an.

»Meine Mutter soll hier untersucht werden«, sagte er, während Mrs. Nikkos ununterbrochen in Griechisch vor sich hin plapperte.

»Äh . . . da sind Sie hier falsch«, bedauerte Gwen, eine stämmige Frau Mitte Vierzig. Ihre langen, vollen Haare hatte sie streng zurückgekämmt und zu einem dikken Knoten zusammengebunden. »Die Aufnahme ist drüben. Sprechen Sie unsere Sprache?«

Mrs. Nikkos antwortete etwas in Griechisch, was übersetzt: »Ich will mich nicht aufschneiden lassen. Kommt nicht in Frage!« hieß.

»Sie will sie nicht sprechen«, erklärte Nikkos der Oberschwester.

Jarod stand direkt daneben und startete eine Simulation. Er hatte nie begriffen, was dabei genau in seinem Kopf abging, aber das spielte letztendlich auch keine Rolle. Er konzentrierte sich, und dann kam das Gefühl. Es begleitete ihn immer, wenn er etwas Konkretes simulierte. Das Gefühl verschwand und er sprach von einem Moment zum anderen perfekt griechisch.

»Sie sagt, sie will nicht aufgeschnitten werden«, übersetzte er. »Sie traut den Ärzten nicht. Ich kann's ihr nicht verübeln.«

»Trotzdem müssen Sie in die Aufnahme am Ende des Ganges«, sagte Gwen.

Costas schob seine Mutter im Rollstuhl Richtung Anmeldung. Mrs. Nikkos löste ihren überraschten Blick nicht von dem freundlich lächelnden Fremden, bis sie um die nächste Ecke verschwunden war.

Plötzlich stoben am Eingang die wartenden Patienten auseinander. Zwei uniformierte Männer des Sicherheitsdienstes und eine junge Krankenschwester schoben eine Rolltrage mit einem zwölfjährigen Mädchen herein.

»Sie hat eine Murmel verschluckt«, rief ein Sicherheitsmann.

Gwen dirigierte sie in die Notaufnahme, wo zwei Schwestern das Mädchen in Windeseile an mehrere medizinische Apparate anschlossen.

»Blutdruck achtzig zu vierzig. Puls hundertzehn«, meldete eine Schwester. »Fadenpuls! Akute Atemnot!«

»Okay, holen Sie Dr. Shapiro«, befahl Gwen einer Kollegin.

»Er ist in OP drei«, antwortete sie.

»Dann rufen Sie Dr. Trader aus«, ordnete Gwen an und wandte ich dann an die kleine, nach Luft ringende Patientin. »Okay! Halt durch, Mädchen. Das wird schon wieder. Nicole! HNO-Notfall!«

Kurz darauf erwachten die Lautsprecher in den Korridoren zum Leben: »Dr. Trader, bitte in die Notaufnahme!«

Jarod war Gwen durch das heillose Durcheinander im Korridor in die Notaufnahme gefolgt. Hier zog er ruhig seinen Mantel aus und streifte OP-Handschuhe über, die auf einem Rollwagen lagen.

»Wo zum Teufel bleibt Trader?« schimpfte Gwen.

»Dr. Trader in die Notaufnahme!« schallte es wieder aus den Lautsprechern.

»Ihr Blutdruck fällt«, meldete die Schwester.

Jarod trat zu dem erstickenden Mädchen. Alles spielte sich vor seinen Augen in Zeitlupe ab. Das kleine Mädchen starb. Ihre Augen und ihr Mund waren weit aufgerissen. Sie hatte die Hände zu Klauen gekrümmt.

Jarod war äußerlich vollkommen ruhig. Doch sein Herz hämmerte in der Brust, als sei er gerade zehn Meilen gerannt. Um keinen Preis wollte er das Mädchen sterben lassen. Er konzentrierte sich. Sein Gehirn simulierte, daß er ein erfahrener Chirurg sei, und implantierte das Ergebnis in sein Bewußtsein, wo es zur Realität wurde. Er spürte ein fließendes Prickeln, das von seinem Gehirn ausging und für einen Moment alle Muskeln zu lähmen drohte. Aus Jarod dem Unbekannten wurde Jarod der Hals-Nasen-Ohren Spezialist. Sein Hirn simulierte Erfahrungsbilder früherer Operationen – die in Wirklichkeit nie stattgefunden hatten.

»Ich brauche eine Dreier-Nadel und einen Achter externen Tubus«, sagte Jarod mit klinischer Sachlichkeit.

Die Krankenschwestern hatten Mühe, ihre Fassungslosigkeit zu verbergen. Gwen zögerte einen Moment. Sie wußte nicht, ob sie Jarod anbrüllen oder um Hilfe rufen sollte. Gleichzeitig kämpfte sie gegen ihre aufsteigende Wut an.

»Holen Sie den Sicherheitsdienst und schaffen Sie den Mann raus!« befahl sie Nicole, einer jungen Schwester, und fuhr dann Jarod barsch an. »Was zum Teufel haben Sie hier zu suchen, verdammt?«

»Sie hat Atemstillstand«, stotterte eine Hilfsschwester.

»Sie atmet nicht mehr«, sagte Jarod mit leiser, bedrohlich monotoner Stimme. »Wollen Sie die Nadel ansetzen?«

»Keine Sauerstoffzufuhr mehr«, meldete die Schwester.

»Fertigmachen zur künstlichen Beatmung«, befahl Jarod.

»Ruft den Sicherheitsdienst, und holt einen Arzt«, schrie Gwen hysterisch.

Die junge Schwester stürzte nach draußen und alarmierte den Sicherheitsdienst.

»Ich bin Arzt«, sagte Jarod leise und ergriff eine zehn Zentimeter lange Nadel. Er fuhr sich mit der Zunge über die trockenen Lippen und atmete hörbar aus. Der Schweiß lief ihm über die Stirn. Routiniert setzte er die Nadel oberhalb des Brustbeins der Patientin an und drückte sie ins Fleisch.

Gwen zitterte. Irgendwas hinderte sie daran, diesen

offensichtlich Geistesgestörten von seiner Tat abzuhalten.

Hinter Jarod kehrte die Krankenschwester mit den beiden Wachmännern zurück.

»Was ist hier los, Gwen?« fragte ein Wachmann mit bedrohlichem Unterton.

»Laßt ihn!« befahl Gwen dem Wachmann.

Die beiden Wachmänner blieben wie angewurzelt stehen.

Die Nachricht von Jarods unerwartetem Eingreifen hatte sich in Windeseile im Krankenhaus verbreitet. Sie lief von Stockwerk zu Stockwerk und zog eine Spur ungläubigen Staunens hinter sich her: Ein Unbekannter, ein Mann von der Straße, rettete gerade ein Mädchen durch eine Notoperation?

Es war kurz vor Mittag. Mr. Miles Hendricks, der Leiter des Krankenhauses, wollte gerade sein Büro verlassen und in die Mittagspause, als auch ihm das Gerücht zu Ohren kam. Miles ging auf die siebzig zu, war aber immer noch rüstig. Sein schlohweißes Haar, sein kurzer weißer Bart und der Bauchansatz verliehen ihm eine gewisse Ähnlichkeit mit dem Weihnachtsmann. Doch im Gegensatz zum freundlichen Weihnachtsmann bevorzugte Miles dunkle Nadelstreifenanzüge, in denen er kühl wie ein Leichenbestatter wirkte.

Eine Minute später betrat Miles die Notaufnahme und traute seinen Augen und Ohren nicht.

»Geben Sie die Spritze, und entfernen Sie den Kolben«, befahl Jarod gerade der Oberschwester. »Ich brauche das obere Ende des ET-Tubus. Den Aufsatz!«

Gwen reichte ihm den kleinen, trichterförmigen

Aufsatz. Jarod befestigte ihn an der oberen Nadelspitze, die aus der Luftröhre des Mädchens ragte. Diese Kanüle verband er mit einer kleinen Preßluft-Flasche. Sofort strömte Sauerstoff und in die Lungen des erstikkenden Mädchens und brachte ihm somit Linderung. Die Kleine atmete wieder. Erleichtert zog Jarod die blutverschmierten Handschuhe aus.

»Was zum Teufel geht hier vor?« machte Miles seinem Ärger Luft.

»Sie atmet wieder«, erwiderte die Hilfsschwester.

»Na, ist das kein tolles Geräusch?« Jarods Gesicht war noch blasser als vorher, und die Schatten um seine Augen waren tiefer geworden.

»Das war ja in letzter Sekunde«, bestätigte der Sanitäter.

»Ich hoffe, ich hab' heute morgen nicht allzuviel Verwirrung gestiftet«, entschuldigte sich Jarod bei den Anwesenden und schenkte Miles ein breites Lächeln.

»Sie brauchen sich nicht zu entschuldigen«, antwortete Miles, der den ganzen Umfang der Situation erfaßt hatte. »Sie haben ein Leben gerettet.«

Die Mittagspause verbrachten Jarod und Miles Hendricks in einem Restaurant ganz in der Nähe des Krankenhauses. Während des Essens beantwortete Jarod bravourös Miles' zahllose Fragen. Unter den Antworten war keine, die Miles mißfiel. Jarod erklärte, er sei hier, weil er einen neuen Job als Chirurg suche. Seine – gefälschten – Refferenzen waren alle vom Feinsten. Er besaß offensichtlich Verstand, Ehrgeiz, sicheres Auftreten und Können – wie er eben eindrucksvoll bewiesen hatte.

Nach dem Essen kehrte Jarod mit Miles zum Krankenhaus zurück. Im Flur kam ihnen Gwen entgegen. Sie hatte Jarods gefälschte Bewerbungsunterlagen bearbeitet.

»Oh, Dr. Hendricks«, sagte Gwen und gab ihm die Papiere, die Jarod als Dr. Jarod Russel auswiesen. »Können Sie bitte hinter Zeile zehn und vierzehn unterschreiben?«

»Zu Ihrer Information, Dr. Russel«, wandte sich Miles an Jarod, während er in der Mappe blätterte. »Sollten Sie etwas brauchen, fragen Sie Gwen. Ich leite zwar den Laden, aber sie ist hier der Boß.«

»Danke, Doktor.« Gwen hatte ihr Lächeln wiedergefunden.

Jarod entging nicht, wie Nicole, die hübsche, junge Krankenschwester, in die Röntgenabteilung huschte. Bevor sie eintrat, drehte sie draußen an der Tür ein kleines Schild um, auf dem nun: »Bin zum Essen« stand. Durch den Türspalt sah Jarod kurz, daß das Röntgenlabor so gut wie leer war. Lediglich Dr. Grimes, ein junger, blendend aussehender Arzt, stand an einer Klemmleiste und brachte gerade einige Röntgenbilder an. Der Blick, mit dem er Nicole bedachte, verriet, daß sie ihn nicht nur besuchte, um eine Krankentabelle zu holen. Die Tür schloß sich hinter den beiden, und Jarod widmete seine Aufmerksamkeit wieder Miles.

In diesem Moment erschien Dr. Trader mit einigen Stunden Verspätung zum Dienst. Abgehetzt, mit bleichem Gesicht und verschweißverklebten Haaren, blieb er vor Miles stehen.

Dr. Trader war hochgewachsen, sportlich und trug

einen Maßanzug, der mindestens zwölfhundert Dollar gekostet hatte. Er hatte ein freundliches Gesicht mit hoher Stirn und trug eine randlose Brille.

»Tut mir leid, ich bin spät dran«, keuchte er völlig ausgepumpt.

»Dr. Jarod Russel, Dr. Alan Trader, der Chefchirurg«, stellte Miles die beiden vor.

»Tag, freut mich.« Jarod schüttelte seinem »Kollegen« die Hand.

»Wie ich höre, hab' ich heute früh Ihren Einsatz verpaßt, Doktor«, sagte Trader und grinste verlegen.

»Einen derartigen Luftröhreneingriff hab ich noch nie gesehen«, gestand Miles, während er die beiden in sein Büro führte. »Haben Sie das neue Verfahren am Hopkins Institute gelernt?«

»Nun, ich hab darüber in 'nem Buch gelesen«, antwortete Jarod wahrheitsgemäß.

»Also, wo auch immer Sie das gelernt haben, ich danke Ihnen, daß Sie eingesprungen sind«, sagte Trader erleichtert, nestelte seinen Pieper aus der Tasche und klopfe prüfend darauf. »Ich weiß nicht, was mit meinem verdammten Pieper los war, aber es wird . . . äh, nie wieder passieren.«

Jarod betrachtete den High-Tech-Pieper mit dem Flüssigkristall-Display interessiert.

»Brandneu«, erzählte Trader. »Zeichnet sogar Nachrichten auf.«

Miles thronte hinter seinem Schreibtisch und blätterte in Jarods Dossier. Schließlich schloß er es und lehnte sich zurück.

»Bitte setzen Sie sich«, bat er seine Besucher.

Jarod nahm auf einem Stuhl Platz, während Trader

sich auf die Schreibtischkante setzte, so daß er Jarod anschauen konnte.

»Nun, Ihre Arbeit am Hopkins Institute war tadellos«, sagte Miles anerkennend, wobei er Jarods Akte tätschelte, die auf dem Schreibtisch lag. »Es ist mir eine Ehre, Sie bei uns zu haben.«

»Es gibt nicht viele Ärzte mit Ihren Referenzen, die in einem so kleinen Krankenhaus wie dem unseren arbeiten wollen«, fügte Trader an und kam zum wesentlichen Punkt. »Also, wieso das ›Queen of Angels‹?«

»Ich könnte als Grund die Aufstiegschancen angeben«, antwortete Jarod, der auf diese Frage vorbereitet war. »Aber die Wahrheit ist, Ihr Krankenhaus räumt als einziges den Mitarbeitern ein Aktienbezugsrecht ein. Und es geht das Gerücht um, daß dabei sehr viel zu verdienen ist.«

Die meisten Krankenhäuser boten ihren Ärzten geregelte Gehälter an. Doch in letzter Zeit gingen immer mehr Kliniken zu einer Umsatzbeteiligung über. Das System bot einige Vorteile. In schlechten Zeiten konnten so die Honorare der Ärzte klein gehalten werden. Andererseits spornte eine Umsatzbeteiligung die Mitarbeiter zu Höchstleistungen an, die über das normale Engagement von Ärzten anderer Krankenhäuser hinausging. Auf diese Weise war es nichts Ungewöhnliches, daß ein Arzt sich in guten Monaten eines drei- oder vierfachen Gehaltes seiner besser abgesicherten Kollegen erfreuen konnte.

»Sie haben schon mit einigen Leuten gesprochen.« Miles lächelte zufrieden. Offenbar war ihr neuer Kollege vom gleichen Schlag wie er und Trader.

»Keine Sorge, Russel.« Trader stand auf und klopfte

Jarod jovial auf die Schulter. »Wenn Sie bei uns bleiben, werden Sie in Windeseile einen neuen Lexus fahren, Mann.«

»Aber nun zu wichtigeren Dingen«, sagte Miles bester Laune. »Spielen Sie Racketball?«

»Gehört hab' ich davon«, antwortete Jarod.

»Gut.« Miles erhob sich unternehmungslustig vom Schreibtisch. »Dann machen wir 'n Spiel.«

»Nun: Willkommen im ›Queen of Angels‹«, sagte Miles, als sie das Krankenhaus verließen. »Wir freuen uns, Sie bei uns zu haben.«

»Das Vergnügen ist auf meiner Seite«, entgegnete Jarod und rang sich ein Lächeln ab.

3. *KAPITEL*

Der Racheengel

Das Center
Delaware
Innere Abteilung

Miss Parker und Sydney flogen von Anchorage zur Zentrale des *Centers* zurück. Die gewaltigen Gebäudekomplexe am Ufer der unwirtlichen Atlantikküste waren zur Zeit des Bürgerkrieges eine trutzige Festung gewesen. Nach dem Zweiten Weltkrieg war die heruntergekommene Anlage vom amerikanischen Geheimdienst renoviert worden. Äußerlich glich das Gebäude immer noch der alten Festung. Innen jedoch waren Fahrstühle mit Sicherheitscodes, High-Tech-Büros und elektronische Sicherungssysteme eingebaut worden. Von den offiziellen Büros hatte man einen traumhaften Ausblick auf das Meer. Der Clou des Gebäudes aber waren die fünf unterirdischen Ebenen, die unter strengster Geheimhaltung standen. Nur wenige Eingeweihte wußten überhaupt von ihrer Existenz, und noch weniger hatten eine Ahnung, welche Experimente dort unten stattfanden.

Miss Parker und Sydney marschierten durch unendlich lange, menschenleere Flure. Fast zehn Meter ragten die Seitenwände auf. Sie mündeten in einer gläsernen Überdachung, die dafür sorgte, daß das Gebäude immer lichtdurchflutet war.

Miss Parker war von keinem geringeren als dem Leiter des *Centers* – ihrem Vater – gebeten worden, die Jagd auf Jarod fortzusetzen. Diese Aufgabe war für sie weniger eine persönliche Herausforderung als vielmehr eine Pflicht, die sie wohl oder übel erledigen mußte.

»Sie können sich vorstellen, wie erfreut ich war, als die Firma mich angerufen hat.« Miss Parker lächelte. Aber es war kein freundliches Lächeln. »Sie haben laufend solche Schwierigkeiten, daß man mich immer wieder auf den Plan ruft.«

»Ich freue mich auch schon auf die Zusammenarbeit mit Ihnen«, erwiderte Sydney bitter.

»Freuen Sie sich nicht zu früh«, meinte sie spitz.

Vor einer Tür blieben Sydney und seine Begleiterin stehen. Miss Parker gab einen Code in die elektronische Sicherung ein, und die Tür schwang auf. Hinter ihnen sauste ein vierjähriges Mädchen auf einem Dreirad durch den langen Korridor.

Miss Parker und Sydney betraten Jarods ehemaliges Zimmer, in dem er mehr als dreiundzwanzig Jahre gewohnt hatte.

Sydney durchquerte den geräumigen Raum so leise, als wolle er keine alten Erinnerungen wecken. Miss Parker ließ ihren Blick durch das modern eingerichtete, fensterlose Zimmer gleiten und nahm die Dinge in sich auf. Neben der Tür stand ein volles Bücherregal. An der Wand hing ein alter Kalender. Eine Zwischenwand wurde durch ein erleuchtetes Aquarium aufgelockert. Aber es gab nichts Persönliches. Auch keinen Fernseher oder einen CD-Player.

Miss Parker konnte sich nicht vorstellen, daß Jarod in dieser Isolation glücklich gewesen war. Andererseits hatte er auch nie etwas anderes kennengelernt. In dem trostlosen Raum schwang ein Echo der Verzweiflung.

Sydney trat an den Tisch, auf dem eine Computerkonsole stand. Er drückte einen Knopf. Ein Großbildprojektor verwandelte die kahle gegenüberliegende Wand in einen strahlend blauen Himmel, an dem ein Passagierflugzeug abstürzte. Es explodierte in einem lodernden Feuerball.

»Laut seiner Bankauszüge ist Jarod in Anchorage«, fuhr Miss Parker fort. »Wenn er überall Geldautomaten benutzt, kriegen wir ihn.«

»Unterschätzen Sie ihn nicht.« Sydneys Blick prallte von dem Wall aus Arroganz und Mißtrauen, der Miss Parker umschloß, ab. »Wenn wir ihn schnappen wollen, brauchen wir Geduld.«

»Hören Sie, Syd!« Miss Parker schüttelte ungeduldig den Kopf. »Vielleicht befriedigt Sie ja die Arbeit im Labor, wo Sie kleine Gehirne erforschen, um große Probleme zu lösen. Aber ich will Karriere machen, und dazu gehört nicht, im ganzen Land nach einem Wunderknaben zu suchen.«

»Sie waren ein so glückliches kleines Mädchen.« Sydney betrachtete sie mit einem resignierenden Seufzer. »Was ist aus Ihnen geworden?«

»Ich bin erwachsen geworden.« Miss Parker runzelte herausfordernd die Stirn. »Sollten Sie auch werden.«

»Ist reine Zeitverschwendung.« Sydneys Worte überstürzten sich fast, so als wolle er die Prozedur möglichst schnell hinter sich bringen. Der Raum weckte schmerzhafte Erinnerungen. »Jarods Zimmer habe ich schon tausendmal durchsucht.«

»Ich aber nicht«, entgegnete Miss Parker schroff.

»Was hoffen Sie zu finden?« fragte Sydney.

»Auf dem Tanker hat er einen Hinweis hinterlassen . . . und ich wette, hier auch«, antwortete Miss Parker und wandte ihren Blick von dem brennenden Flugzeug ab. »Stellen Sie den Simulator ab!«

Sydney drückte einen Knopf. Die Projektoren verloschen, und die Flugzeugkatastrophe verschwand von der Wand.

»Das ist Jarods letztes Projekt«, erklärte Sydney die Projektion. »Nachdem man die Blackbox der Maschine nicht finden konnte, hat er für uns die letzten Augenblicke des Absturzes simuliert. Durch seine angeborene Fähigkeiten als Pretender konnte sich Jarod in jedes Mitglied der Cockpit Crew hineinversetzen und für unseren Kunden die Absturzursache genau bestimmen.«

»Eine Wahnsinnsumgebung, in der er eingesperrt war.« Miss Parker wußte nicht, ob sie darüber belustigt oder traurig sein sollte. »Bei den Einflüssen finden wir ihn vielleicht als Postbeamten verkleidet wieder.«

»Nein, nein, er verkleidet sich nicht«, korrigierte Sydney. »Er ist ein Pretender. Er kann werden, was immer er will.«

»Ihre Gesellschaft hätte bei Simulationen von Computern bleiben sollen«, sagte sie spöttisch. »Die laufen nämlich nicht weg, Syd.«

»Aber Sie sind nicht menschlich«, widersprach er energisch. »Sie können uns nicht die Gefühle der Crew beschreiben, als die Maschine keinen Antrieb mehr hatte. Wie ihre Emotionen zu der Katastrophe beigetragen haben. Jarod kann es.«

»Das find' ich wirklich clever.« Miss Parker stand an dem Tisch und hob einen tellergroßen Gegenstand aus grauem Karton hoch. Er glich einem übergroßen Papierflieger »Wissen Sie, was das ist?«

»Ein Origami-Engel«, erwiderte Sydney. »Nur ist mir nicht klar, wie er mit Jarod emotional zusammenhängt.«

»Das ist kein Engel«, belehrte sie ihn. »Es sind gebogene Flügel. Das ist Onisius. Der griechische Gott der Vergeltung. Er verteidigt die Schwachen und Mißbrauchten.«

»Ich bin beeindruckt«, gab Sydney zu. »Woher wissen Sie so viel über die griechische Mythologie?«

»Ich kannte auf dem College einen Griechischlehrer . . .«, antwortete Miss Parker, ohne näher auf das Thema einzugehen. »Hier haben Sie Ihren Hinweis, Syd. Ihr Soziopath glaubt wohl, er wäre so 'ne Art Schutzengel für den kleinen Mann.«

Sydney folgte Miss Parker zurück ins Büro. Die unangenehmen Erinnerungen an die Experimente mit Jarod hatten ihn mehr erschöpft als ein harter Arbeitstag.

Miss Parker war überzeugt, daß Jarod seine unfreiwillige Abkapselung von der Welt, sein In-sich-Gekehrtsein und all die Simulations-Experimente nicht so schnell vergessen würde. Er hatte eine verdammt traumatische Kindheit und Jugend erlebt, die er nicht von heute auf morgen verdrängen konnte. Deshalb würde er vermutlich auch etwas Traumatisches tun – solange, bis er geheilt oder wieder eingesperrt war.

St. Andrews Highschool
New York
Queens

Jarod fuhr mit dem Taxi durch Queens. In der Ferne bewunderte er die mächtigen Wolkenkratzer Manhattans und genoß selbst die farblose Tristesse der monotonen Wohnviertel in Queens. Vor allem aber genoß er seine Freiheit. Er konnte gehen, wohin er wollte, und tun, was er mochte.

Nach dreiundzwanzig Jahren Isolierung war die Welt für Jarod voller Wunder. Das nächste erlebte er, als er am Wagen eines Eisverkäufers stand. In seiner Kindheit war Eis fest, hart und relativ schwer gewesen. Aber das Eis hier war richtig weiß, lief nach oben hin zwiebelförmig spitz zu und fiel vor allem nicht aus dem Hörnchen, wenn er es auf den Kopf stellte. Wirklich merkwürdig.

»Es schmeckt am besten, bevor es schmilzt«, meinte der Eisverkäufer, nachdem er Jarod mit wachsender Skepsis beobachtet hatte. In New York liefen einige seltsame Vögel herum. Aber das hier schien ein ganz besonderes Exemplar zu sein

»Oh, richtig, ja.« Jarod bemerkte, daß er sein Eis wie hypnotisiert anstarrte, während es ihm schon an den Händen heruntertropfte. Vorsichtig drückte er einen Finger in das Eis. Es fühlte sich weich wie Sahne an.

Nun griff Jarod nach den Sternen und leckte vorsichtig an dem Softeis.

»Hmm, das schmeckt gut. Wirklich, das schmeckt sehr, sehr gut«, stellte er überrascht fest. »Äh . . . wird's aufgeschlagen, damit es so locker wird?«

»Ich stell's nicht her, mein Freund«, murrte der Eisverkäufer schulterzuckend. »Ich verkauf's nur.«

Jarod drehte sich um. Aus der gegenüberliegenden Schule strömten die Kinder heraus. Einige rannten zielstrebig zum Wagen des Eisverkäufers. Andere hatten Hockeyschläger dabei und machten auf dem Schulhof gleich ein Spiel. Kreuz und quer rannten sie herum und quietschten vor Vergnügen. Nur ein etwa dreizehnjähriger Junge saß abseits im Rollstuhl und konnte nichts anderes tun als seinen Freunden zugucken. Ein älterer Mann ging zu dem Jungen im Rollstuhl und schob ihn zu einem kleinen Transporter. Der Junge schaute zu seinen spielenden Altersgenossen zurück, solange es ihm möglich war. Er hätte alles dafür gegeben, mit ihnen herumtollen zu können.

Jarod schlenderte die Straße hinab. Eine Stunde später stand er fasziniert vor dem Schaufenster eines Elektrohändlers. In der Auslage flimmerte eine Fernsehwand. Das letztemal, als Jarod einen Fernseher gesehen hatte, war das Bild noch schwarzweiß gewesen. Auch das Programm war vollkommen anders gewesen. Angestrengt versuchte er hinter den Sinn der Spielshow zu kommen.

»Das ist ja faszinierend«, erklärte er schließlich einem Stadtstreicher, der neben ihm stand. »Die gewinnen einen Haufen Geld, indem sie Worträtsel lösen?«

»Haben Sie noch nie das ›Glücksrad‹ gesehen?« erwiderte der Penner erstaunt. »Leben Sie hinterm Mond oder so?«

»Ich . . . äh, war beschäftigt«, antwortete Jarod verlegen und ging rasch weiter.

Jarod drehte sich zu einem Würstchenstand und entdeckte Geraldo. Er trug eine speckige, hellbraune Lederjacke. Sein Hemd war bis zum Brustansatz aufgeknöpft, so daß man ein Kettchen mit Medaillon sah. Der mittelgroße, ungekämmte und unrasierte Italiener lebte von kleineren Hehlergeschäften. Er fragte nicht viel. Jarod hatte ihn in der neunundvierzigsten Straße getroffen und ihn um einen »Gefallen« gebeten, den er gut bezahlte.

Nun kam Geraldo von seinem Besuch in der Countership Bank zurück.

»Also, ich hab' hier was für Sie«, sagte Geraldo und gab Jarod einen Ausdruck aus dem Geldautomaten. »Ähem . . ., die . . . äh, die Bank sagte mir, Ihr Bankkonto in Alaska ist eingefroren. Ist nicht wörtlich zu nehmen. Sie freuen sich vielleicht darüber, aber Sie sind trotz meiner Bemühungen pleite, Sir.«

»Und Sie haben alles erledigt?« hakte Jarod nach.

»Mein Freund, das war 'ne oskarreife Vorstellung, Kumpel«, witzelte Geraldo.

Jarod drückte Geraldo einen Hundertdollarschein in die Hand.

»Sie geben mir 'nen Hunderter dafür, daß ich rausgefunden hab', daß Sie pleite sind?« Geraldo starrte Jarod erstaunt an.

»Wir hatten eine Abmachung«, erwiderte Jarod.

»Heh, wer Sie auch sind, Sie wissen ja, wo ich stekke, wenn Sie mich noch mal brauchen, hä?«

Am nächsten Morgen überzogen grauschwarze Wolken den Himmel über New York und ballten sich zusammen. Gemeinsam mit dem auffrischenden Wind kündigten sie Regen an.

Jarod fühlte sich unwohl, während er im Krankenhaus in seinem neuen Büro saß. Er drückte eine Spritze in seine Armbeuge und entnahm sich selbst eine Blutprobe. Gedankenverloren starrte er die Ampulle an. Jarod wirkte niedergeschlagen. Er war ein Mensch mit Idealen und Skrupeln. Zu welchen Verbrechen hatte *Das Center* seine Fähigkeiten mißbraucht? Wer war er eigentlich wirklich? Tausend unbeantwortete Fragen quälten Jarod. Er hoffte, daß die Blutprobe wenigstens einige Antworten bringen würde.

Es klopfte. Jarod schreckte aus seinen Grübeleien.

»Ja, bitte?«

Nicole, die junge, sehr hübsche Krankenschwester, trat ein.

»Guten Morgen, Dr. Russel«, sagte sie ein wenig unsicher. »Entschuldigen Sie die Störung, aber könnten Sie mal mit der Griechin sprechen? Sie schreit jeden an, der in ihr Zimmer kommt. Keiner versteht, was sie sagt.«

»Okay«, sagte Jarod. »Ich bin gleich da. Nicole, tun Sie mir einen Gefallen. Das hier muß bitte ins Labor. Sie sollen eine genaue Blutuntersuchung machen. Es muß aber schnell gehen.«

»Alles klar.« Nicole nahm die Ampulle und huschte wieder nach draußen.

Jarod zog sich seinen Arztkittel über, nahm das Dossier von Mrs. Nikkos mit und stattete ihr eine Visite ab.

Mrs. Nikkos lag in einem Einzelzimmer. Mißtrauisch beäugte sie Jarod, als er eintrat.

»Sind Sie Arzt?« fragte sie mit stark griechischem Akzent.

»Heute bin ich einer«, antwortete Jarod ausweichend. »Sie verstehen mich doch?«

»Nur wenn ich will«, erwiderte sie trotzig. »Sagen Sie, ich muß doch nicht operiert werden?«

»Lassen Sie mal sehen.« Jarod tastete mit den Fingerspitzen ihren Bauch ab. »Das tut weh, nicht wahr?«

»Zum Teufel, ja«, antwortete sie gereizt.

»Sie müssen sich entspannen, okay?« bat er sie.

»Wie soll ich mich entspannen bei all den Tests?« erwiderte sie verärgert. »Und jetzt soll ich auch noch aufgeschnitten werden!«

»Wenn Sie keine Operation wollen, sage ich sie ab.« Jarod lächelte sie an und fühlte, wie ihr Vertrauen wuchs.

»Kein Aufschneiden?« fragte sie vorsichtshalber.

»Ich werde etwas anderes versuchen.« Jarod lächelte freundlich.

»Sie sind kein Arzt, Sie sind ein . . . ein Mensch.« In Mrs. Nikkos' Augen standen Freudentränen.

Das Center
Technische Abteilung
Fünftes Untergeschoß

Miss Parker schritt nervös durch den Raum, der einer verkleinerten Version des NASA-Kontrollzentrums glich. Zehn Techniker – meist junge Frauen – saßen vor Computerkonsolen, deren Bildschirme zahllose Daten zeigten. Miss Parker blieb auf einer Galerie stehen und ließ ihren Blick über die tiefer sitzenden Techniker gleiten. Auf einem Großbildschirm an der gegenüberliegenden Wand liefen Zahlenreihen mit einer solchen Geschwindigkeit ab, daß man kaum erkennen konnte, was sie zeigten.

»Sandy, ich ... ähem, möchte was Nettes hören«, forderte Miss Parker von einer etwa fünfzigjährigen grauhaarigen Technikerin, die sie begleitete.

»Nun, wir haben Jarods Konto bis nach Anchorage zurückverfolgt«, antwortete Sandy. »Er ist schon ein Genie. Das Satellitenbild erscheint in zwei Sekunden.«

Das Bild auf dem Großbildschirm flackerte und zerfiel in Pixel. Kurz darauf baute sich eine Weltkarte auf. Südlich von Kalifornien leuchtete ein weißer Punkt.

»Er ist in Santa Fe, New Mexico«, sagte Sandy.

»Rufen Sie den Hangar an, und lassen Sie die Maschine bereitstellen«, befahl Miss Parker und eilte im Stechschritt zum Ausgang.

»Nein, warten Sie!« rief Sandy sie zurück. Auf der Karte leuchtete jetzt ein anderer Punkt. »Er ist nicht in Sante Fe. Er ist in Rom ...! Nein, Luxemburg!?«

Es war vollkommen absurd. Auf dem Großbildschirm blinkten immer neue Städtenamen auf.

»Chicago«, meldete ein Techniker aus dem Saal.

»New York«, verkündete ein anderer.

»Miami«, rief einer vom Ende der Raumes.

»Philadelphia«, tauchte jetzt auf dem Großbildschirm auf.

»Barcelona«, gab ein anderer Techniker weiter.

»Der kleine Mistkerl hat die Bankautomaten manipuliert«, zischte Miss Parker.

Sie hatte inzwischen gelernt, bei Jarod immer das Unerwartete zu erwarten. Auch diesmal wurde sie nicht enttäuscht.

Plötzlich erschien das Bild einer Überwachungskamera eines Geldautomaten in New York. Aber nicht Jarod steckte gerade eine Bankkarte in den Automaten, sondern Geraldo. Der kleine Hehler grinste frech in die Kamera und hob ein kleines Schild, auf dem »*Hi, Jungs*« stand. Dann gab er einen Schmatz Richtung Kamera. Miss Parker quollen vor Überraschung schier die Augen über.

New York
Hospital Queen of Angels

Jarod beendete gerade seine Visite. Er hatte die Patienten in seiner Abteilung besucht und sich vergewissert, daß es ihnen an nichts fehlte. Er zog Vorhänge und Jalousien auf, damit sie genug Licht bekamen, und wechselte mit jedem ein paar Worte.

Auf dem Flur traf er Gwen.

»Hallo, Jarod«, grüßte sie. »Sie haben die Operation von Mrs. Nikkos gestrichen?«

»Ja, das habe ich«, antwortete er.

»Gut, Sie sind der Arzt«, seufzte sie. »Solange man mich nicht dafür verantwortlich macht.«

»Und jetzt werde ich ihr einen Kräutertee namens ›Cassia Senna‹ geben«, fuhr Jarod fort.

»Doktor, wir sind in Queens«, erinnerte Gwen ihn. »Wir behandeln nicht mit Tee.«

»Jetzt schon, Gwen«, erwiderte er. »Und dann hätte ich gern den Schlüssel zur Radiologie, bitte.«

»Wissen Sie, Andy ist gerade zum Essen, aber . . .«, druckste sie herum.

»Ich weiß.« Jarods Miene verriet keinerlei Gefühlsregung. Aber sein Blick ließ sie nicht mehr los. Gwen erschauderte. Sie war eigentlich nicht melodramatisch veranlagt, aber Jarods Blick schien bis auf den Grund ihrer Seele vorzudringen und verursachte ihr ein tiefes Unbehagen.

Nach kurzem Zögern zuckte sie mit den Schultern und gab ihm den gewünschten Schlüssel. »Hier ist er.«

Jarod bedankte sich mit einem angedeuteten Lächeln und steckte den Schlüssel ein.

»Hallo, Mama!« Ein kleiner Junge saß neben seinem Vater auf einer der Wartebänke.

Gwen ging zu den beiden und hob den Jungen hoch.

»Schatz, bringst du Mami das Mittagessen?« Sie lächelte ihn an.

»Rate mal, was es ist«, sagte er lachend und hielt einen Beutel hoch.

»Erdnußbutter, wollen wir wetten?« antwortete Gwen schmunzelnd.

Jarod beobachtete die Szene und lächelte bitter. Wie oft hatte er sich als Kind nach einer Mutter gesehnt, die ihn in die Arme nahm.

Jarod hatte zwei Röntgenbilder in der Hand, als er die Röntgenabteilung betrat. Außer ihm schien niemand da zu sein. Jarod trat an den Lichtkasten, der an der Wand hing, und klemmte die Röntgenbilder ein.

»Ich könnte hier etwas Hilfe brauchen, wenn Sie nicht

zu beschäftigt sind«, sagte Jarod zu einer dunklen Ecke hin.

»O Gott, Dr. Russel«, ertönte eine erschrockene Frauenstimme.

»Dr. Russel?« kam es aus der gleichen Richtung. Diesmal jedoch war es eine Männerstimme.

»Ich bin neu hier«, sagte Jarod entschuldigend.

Im hinteren Teil des Raumes sprang Dr. Grimes wie von der Tarantel gestochen auf. Der Arztkittel und sein Hemd waren aufgeknöpft. Hinter ihm erhob sich Nicole. Sie stand mit dem Rücken zu Jarod und knöpfte sich rasch den Schwesternkittel zu.

»Ist mir . . . äh, peinlich«, entschuldigte sich Dr. Grimes. »Aber ich werd' Ihnen gern helfen, Doc.«

Jarod lächelte nachsichtig und deutete auf die beiden Röntgenbilder. Sie stammten von dem dreizehnjährigen Jungen, den Jarod vor der Schule im Rollstuhl gesehen hatte.

»Also . . . äh, ich verstehe nicht«, stammelte Dr. Grimes verwirrt, während er die Röntgenbilder betrachtete. »Kevin Bailey ist Dr. Traders Patient. Gibt es einen besonderen Grund für Ihr Interesse?«

»Gibt's einen besonderen Grund dafür, daß ich Sie hier halbnackt antreffe?« konterte Jarod mit einer Gegenfrage und sicherte sich so Dr. Grimes' Unterstützung. »Ich könnt's vergessen, wenn Sie's auch können.«

»Na gut«, seufzte Dr. Grimes und knöpfte seinen Kittel zu. »Hier in dem Fall ist der ›Achter‹, der achte Brustwirbel, zerschmettert und hat das Rückenmark durchtrennt. Das Kind hatte nie 'ne Chance.«

»Nein, das ist schon klar«, erwiderte Jarod und deutete auf die beiden Röntgenbilder. »Nur, sehen Sie, das ist das Röntgenbild vor – und das das Bild nach der Operation.«

»Ja . . .« Dr. Grimes kniff die Augen zusammen und betrachtete die Bilder näher.

»Aber beide Bilder sind identisch«, fuhr Jarod fort. »Wie ist das denn möglich?«

»Kann nicht sein.« Dr. Grimes stieß die Luft hörbar aus. »Da hat einer ein Duplikat von der post-operativen Aufnahme gemacht. Sehen Sie den Schatten in der Ecke da? Der ausrangierte Prozessor im Keller verursacht den. Ich hab' 'ne Limonade drauf verschüttet, als ich damals hier anfing. Der . . . äh, neue Prozessor macht so was nicht.«

»Warum markiert einer eine postoperative Aufnahme denn mit einer pre-op?« wollte Nicole wissen, die ihre Garderobe wieder einigermaßen hergestellt hatte.

»Das frag' ich mich auch«, murmelte Jarod stirnrunzelnd.

4. KAPITEL

Der Kunstfehler

Abends saß Jarod in seinem Zimmer und schob eine der DSR-Disketten in das Abspielgerät. Bei seiner Flucht hatte Jarod die Aufzeichnungen seiner Simulations-Experimente mitgenommen.

Auf dem Fernsehschirm erschien der Testraum. Unten links wurde das Datum der Aufzeichnung eingeblendet. Es war der 31. 10. 1970. Der damals vierzehnjährige Jarod trug einen länglichen Gegenstand auf den Armen. Damit mußte er immer zwei Treppenstufen rauf- und runtergehen. Jarod simulierte, daß er irgendwo in Dallas ein Treppenhaus hinaufstieg. Links vor Jarod stand ein Spiegel, über den ihn Sydney, der hinter ihm saß, beobachtete. Rechts vor Jarod lief ein Film ab, der das reale Treppenhaus in Dallas zeigte.

»Ich bin beim letzten Treppenaufgang und hab' Angst vor dem, was ich gleich tun werde«, meldete Jarod. Seine Kräfte simulierten die Gedanken eines völlig fremden Mannes, einer Attentäters. Diese Gedanken waren schon mehrere Jahre alt. »Mein Herz rast, meine Hände sind naß. Ich kann das Paket kaum halten, von dem ich allen gesagt hab', daß Gardinenstangen drin sind.«

Jarod stockte. Er wandte sich zu der Kamera, die seine Aktionen aufzeichnete.

»Sydney, ist es für Kinder möglich, ihre Eltern zu vergessen?« fragte er.

»Du mußt dich konzentrieren, Jarod«, antwortete Sydney über Lautsprecher. »Konzentrier dich auf die Simulation.«

Jarod bekam seine Kräfte wieder unter Kontrolle.

»Während ich mich dem Fenster nähere, kann ich die Rufe der Menge unter mir hören«, berichtete er und kniete hinter einem Holzgestell. Es sollte ein Fenster improvisieren. Von hier aus sah er genau auf die Leinwand, wo der Film ablief. Präsident Kennedy fuhr mit seiner Frau in einer offenen Limousine heran. Jarod packte das Gewehr aus dem Tuch und nahm den Präsidenten mit dem Zielfernrohr ins Visier.

»Ich kann sie jetzt sehen«, meldete Jarod. »Wie schnell fahren sie, Sydney?«

Jarod brauchte neue, konkretere Informationen, um die Simulation fortzusetzen.

»Vierzig Meilen pro Stunde«, sagte Sydney. »Das weißt du.«

»Mein Mund ist trocken . . ., meine Hände zittern«, fuhr Jarod fort. »Ich bringe den Karabiner in Anschlag. Ich kann nicht genug Schüsse abgeben. Ich kann nicht. Allein schaff' ich das nicht. Er war nicht allein.«

Jarod öffnete die Augen. Die Simulation war vorbei. Er fühlte sich ausgelaugt. Die Simulationen schwächten ihn. Noch vor kurzem wäre er nicht in der Lage gewesen, eine derart detaillierte Simulation so lange durchzustehen.

Doch nur so erhielten Sydney und das *Center* den

Beweis, daß Präsident Kennedy nicht von einem einzigen Attentäter getötet worden war.

»Es muß ihm jemand geholfen haben«, überlegte Jarod laut, während er den DSR-Apparat ausschaltete. Und dabei meinte er nicht nur Kennedys Mörder Harvey Oswald. »Trader war auch nicht allein.«

Am nächsten Tag spielten Jarod und Miles wieder eine Partie Racketball. Das Spiel war eine Art Squash, wobei allerdings richtige Tennis-Rackets benutzt wurden. Das verlieh dem Ball noch größere Wucht und Schnelligkeit.

»Gutes Spiel«, keuchte Miles nach Ende der Partie. Er hatte zwar gewonnen, war aber völlig erschöpft. Nachdem sie geduscht und sich umgezogen hatten, gingen sie noch auf einen Drink ins Restaurant des Sportcenters. Trader wartete dort schon an einem Tisch auf sie.

»Nehmen Sie's sich nicht zu Herzen«, tröstete Trader Jarod. »Er läßt niemanden gewinnen.«

»Zumindest ist Jarod ein Kämpfer«, lobte Miles seinen Gegner.

»Er ist jung.« Trader lächelte amüsiert.

»Und Sie sind träge«, warf Miles ihm vor.

»Oh, Treffer«, gab Trader zu. »Da ist was dran.«

Miles atmete schwer. Er war leichenblaß und die Haare hingen ihm im schweißverklebtem Gesicht. Rasch nestelte er ein Tablettenröhrchen aus seiner Tasche und nahm zwei Pillen.

»*Calsix?*« las Jarod von der Pillenpackung ab. »Sie haben ein Herzproblem?«

»Miles ist ein echter ›A-Zeitbomben-Typ‹«, erklärte Trader. »Zwei Herzanfälle. Noch einer und er wird einen Bypass bekommen.«

»Deshalb spiel' ich Racketball«, witzelte Miles.

»Ich habe heute frei«, sagte Trader vergnügt und nahm einen Schluck von seinem Drink. »Sie trainieren auf Ihre Weise und ich auf die meine.«

»Nun, Jarod, hat das ›Queen of Angels‹ Ihre Erwartungen erfüllt?« wollte Miles von dem neuen Kollegen wissen.

»Offen gesagt, hatte ich erwartet, daß die negativen Auswirkungen von Kunstfehlern hier ein größeres Problem darstellen«, antwortete Jarod.

»Das wäre nur der Preis in dem Geschäft«, erwiderte Miles. »Aber das ›Queen of Angels‹ kann es statistisch mit jedem anderen Krankenhaus in diesem Land hier aufnehmen.«

»Sind Sie wirklich sicher?« hakte Jarod nach. »Auch im Fall Kevin Bailey?«

»Oh, das war tragisch«, antwortete Miles. »Aber realistisch gesehen: Ein Waisenkind im Rollstuhl ist wie geschaffen für Schlagzeilen.«

»Das war eine verdammte Hexenjagd«, erinnerte sich Trader.

»Ja, und als die Aufregung vorbei war, kam die Wahrheit heraus, und wir wurden entlastet«, ergänzte Miles. »Das liegt jetzt alles hinter uns.«

Er sollte sich irren.

Am nächsten Nachmittag schaute Jarod den Jungen wieder beim Hockeyspielen zu. Diesmal kaufte er zwei Eishörnchen und bot eines davon Kevin an, der in seinem Rollstuhl saß.

»Es schmeckt gut«, sagte Jarod.

»Wer sind Sie?« wollte Kevin wissen. »Ich sollte nicht

mit Ihnen reden. Wenn man mit Fremden spricht, endet man als Photo auf einer Milchtüte.« Er spielte damit auf die Aktion an, mit der vermißte Kinder gesucht werden.

»Mein Name ist Jarod«, stellte sich Jarod dem Jungen vor, während ihm das Eis über die Hände tropfte. »Es schmeckt am besten, bevor es schmilzt.«

Kevin rollte weiter zum Bürgersteig.

»Hast du in den Händen noch Krämpfe, wenn du den Rollstuhl fährst?« erkundigte ich Jarod, der neben ihm ging.

»Was wissen Sie davon?« fragte Kevin zurück und hielt an.

»Ich kann's mir gut vorstellen«, entgegnete Jarod und ging neben dem Jungen in die Hocke. »Hör zu, es wird besser werden. Ich versprech's dir.«

Ohne noch etwas zu sagen, rollte Kevin weiter. Jarod verharrte in der Hocke und schaute dem Jungen hinterher. Viel mehr als Trost spenden konnte er Kevin nicht. Er mußte das Unrecht, das man dem Jungen angetan hatte, sühnen . . .

Das Center
Delaware

Sydney saß gedankenversunken hinter dem Schreibtisch in Jarods ehemaligem Zimmer. Im Gegensatz zu Miss Parker bezweifelte er, daß sie den Pretender so leicht finden konnten.

Das Telefon klingelte. Eine Sekretärin meldete: »Sir, da ist ein Shreve Harmon auf Leitung sieben.«

»Shreve und Harmon haben das Empire State Building gebaut«, belehrte Sydney sie und ahnte, wer da am Apparat war. »Stellen Sie bitte durch, und verfolgen Sie den Anruf zurück.«

Sydney nahm den anderen Hörer ab und sagte: »Das war clever, Jarod. Und? Geht's dir gut?«

»Ich bin pleite«, antwortete Jarod am anderen Ende der Leitung. »Ihr habt mein Konto gesperrt.«

»Ich hab' dich knapp verpaßt in Cincinnati«, sagte Sydney. »Die Blumen waren noch frisch.«

»Na ja, meine Eltern sind seit dreißig Jahren tot«, erklärte Jarod seinen Besuch auf dem Friedhof von Cincinnati. »Ich dachte, es wär Zeit, mich zu verabschieden.«

»Ich will, daß du heimkommst«, sagte Sydney eindringlich in väterlichem Ton.

»Interessante Art, es auszudrücken«, spöttelte Jarod.

»Wieso bist du weggegangen?« wollte Sydney wissen.

Miss Parker trat ein. Sydney gab ihr ein Zeichen, das Handy zu benutzen. Miss Parker drückte den Hörer ans Ohr und verfolgte das Gespräch mit.

»Deinetwegen, Sydney«, erwiderte Jarod hart. »Willst du die Wahrheit wissen? Wegen deiner Lügen.«

»Was für Lügen?« Sydney war aufrichtig bestürzt.

»Ich habe den wahren Grund meiner Simulationen herausgefunden, Sydney«, fuhr Jarod fort. »South Pacific Flug-Simulation Nummer achtzehn. Nach meinen Ergebnissen habt ihr ein Flugzeug vom Himmel geholt. Hundertdreißig Menschen waren an Bord. Meine Epidemie-Simulation! Ihr habt sie angewendet. Im wahren Leben! Sechsundvierzig arme Menschen starben am

Ebola-Virus, Sydney. Simulation siebenundzwanzig, Simulation sechzehn, Simulation zweiundvierzig!«

»Jarod, das waren militärische Aufträge«, rechtfertige Sydney sich. »Ich hatte keine Möglichkeit, etwas über den wahren Verwendungszweck herauszufinden.«

»Wie viele Menschen sind gestorben, weil ich mir das erdacht habe?« fragte Jarod verbittert.

»Komm nach Haus«, drängte Sydney. »Du mußt nach Haus kommen. Ich mach mir Sorgen um dich. Ich hab' gestern dein Zimmer aufgesucht. Es ist so . . . leer gewesen.«

»Ich kann nicht sagen, daß ich's vermisse«, antwortete Jarod. »Ganz nebenbei: Eiscreme schmeckt gut.«

»Jarod, die Sache ist wirklich ernst«, appellierte Sydney. »Sie haben Miss Parker ins Spiel gebracht.«

»Oh-oh, dann dreh ihr besser nicht den Rücken zu«, warnte Jarod sarkastisch.

»Was tust du nur, Jarod?« seufzte Sydney ratlos.

»Das anwenden, was du mir beigebracht hast«, entgegnete Jarod und legte auf.

Sydney und Miss Parker gingen zur Zentrale der Basis. Auf dem Weg dorthin fragte er sich, warum Jarod ihn ausgerechnet jetzt angerufen hatte. Er kannte Jarod gut genug, um zu wissen, daß er sein Versteck nicht wegen ein bißchen Small talk gefährden würde. Was also war der wahre Grund seines Anrufes gewesen?

Miss Parker und Sydney betraten den Kontrollraum, der die Ausmaße eines Fußballfeldes besaß. Dort überwachte Sandy die Fortführung der letzten, von Jarod unvollendeten, Simulationen. Experten versuchten mit

Hochleistungscomputern, die Simulation zu Ende zu führen.

»Ich habe keinerlei Zugriff mehr«, meldete ein Techniker plötzlich.

»Kommen Sie denn an gar nichts mehr ran?« fragte Sandy und starrte ungläubig auf den Großbildschirm.

»Nein«, antwortete der Techniker und gab Befehle in den Computer ein, um den ursprünglichen Code wiederherzustellen. »Sekunde! Ich versuch' etwas anderes.«

Doch der Computer gab nur noch unzulässige Parameter von sich.

»Sagen Sie mir, was los ist!« verlangte Miss Parker.

»Der Zugriff wurde komplett gesperrt«, erklärte Sandy. »Wir wurden angeheuert, um herauszufinden, ob der Aktienmarkt manipulierbar ist.«

»Jarod hat vier Monate an der Simulation gearbeitet«, ergänzte Sydney.

»Wo liegt das Problem?« wollte Miss Parker wissen, während sie sah, daß sich der Großbildschirm mit bruchstückhaften grünen Punkten und Ziffern füllte, ehe er ganz abstürzte.

»Unsere Kunden haben uns fünf Millionen gegeben, um Jarods Ergebnisse zu testen«, erläuterte Sandy.

»Er wußte, daß der Test heute startet«, murmelte Sydney.

»Alles lief nach Plan, bis jemand an der Börse anfing, den Markt zu manipulieren«, sagte ein Techniker. »Unsere fünf Millionen wurden gestohlen.«

»Na, irre«, fauchte Miss Parker wie eine Raubkatze. »Und wer könnte das wohl gewesen sein?«

»Zumindest wissen wir, wo er ist«, sagte Sydney

beruhigend. Jarod hatte lange genug telefoniert, so daß sie seinen Anruf zurückverfolgen konnten.

Jarods ungewöhnliche Heilmethode bei Mrs. Nikkos zeigte Erfolg. Zunächst einmal hatte er sie im Rollstuhl auf die Dachterrasse bringen lassen, wo sie viel Sonne und frische Luft bekam. Dort zeichnete er kleine Striche auf ihre Fußsohlen. Nicole gab Mrs. Nikkos eben eine neue Tasse Tee.

»Sie haben ja eigenartige Medikamente, Junge«, meinte die alte Frau zu Jarod. »Ich bekomm' schon einen Lachkrampf, bevor ich überhaupt pupsen kann.«

»Schon immer war Lachen eine gute Medizin«, erwiderte er schmunzelnd. »Ebenso Reflexzonenmassage. Nicole, massieren Sie bitte die markierten Stellen.«

»Okay.« Nicole machte sich gleich an die Arbeit.

»Werden Sie mir die Wahrheit sagen?« Mrs. Nikkos schaute ihn mit großen, fragenden Augen an.

»Welche Wahrheit?« wunderte sich Jarod.

»Ein Mann, der mir die Sonne schenkt, der meine Füße massiert und mir stinkenden Tee kocht . . .«, flüsterte sie fast ehrfürchtig. »Wer sind Sie?«

Jarod ließ die Frage unbeantwortet, denn sie berührte seinen wunden Punkt. Wer war er wirklich? Er wußte es nicht.

»Oh, so viel Traurigkeit?« fragte Mrs. Nikkos, als könnte sie seine Gedanken lesen. »Und auch Freude?«

Das Center
Delaware

Sydneys Optimismus war verfrüht. Zwar hatten die Techniker Jarods Anruf zurückverfolgen und feststellen können, daß er aus einem Krankenhaus in New York gekommen war. Fragte sich nur, aus welchem.

»Beruhigend zu wissen, daß es im Stadtgebiet von New York nur hundertsiebenunddreißig Krankenhäuser gibt«, zischte Miss Parker wutschäumend.

Mit einem Lear-Jet flogen sie noch am selben Tag nach New York und checkten ins vornehme Empire Hotel ein. In der Empfangshalle trugen sie sich in das Gästebuch ein.

»Ihre Zimmer wurden bereits bezahlt, Miss Parker«, teilte ihnen der Portier mit.

»Wieso bezahlt?« stammelte Miss Parker perplex.

»In bar«, ergänzte der Portier. »Und der Gentleman hat darum gebeten, daß ich Ihnen das hier überreichen soll.«

Der Portier stellte einen Sektkübel auf den Tresen. An der Champagnerflasche hing ein Zettel, auf dem *»Willkommen im Empire Hotel«* stand. Miss Parker und Sydney erkannten sofort Jarods Handschrift.

»Sagen Sie nichts!« fauchte Miss Parker Sydney an.

Jarod fand Trader in der Mittagspause in seiner Stammkneipe an der Bar.

»Alan«, grüßte Jarod und setzte sich auf den Barhokker neben ihn. »Hallo!«

»Jarod, hallo«, grüßte Trader zurück und wandte sich an eine attraktive Bardame. »Denise, geben Sie mir noch ein Ginger Ale, bitte.«

»Ich möchte auch gern ein Ginger Ale«, bat Jarod.

»Okay.« Denise verschwand zum anderen Ende der Bar.

»Also, entweder sind Sie gerade überfallen worden, oder Ihre Schicht war mörderisch«, kommentierte Trader Jarods abgehetztes Aussehen.

»Vier Schußverletzungen, eine Lobektomie*, ein Milzriß«, zählte Jarod auf. »Und das ist noch nicht alles gewesen.«

Jarod simulierte pure Verzweiflung. Sein schweißbedecktes Gesicht wirkte eingefallen, sein Blick war leer.

»Alan, ich fürchte, ich hab' heute Mist gebaut. Und zwar großen Mist«, rückte er schließlich mit dem »wahren« Grund seines Besuchs heraus. Es klang sehr überzeugend.

Zur selben Zeit führte Geraldo wieder einen von Jarods Aufträgen aus. Er rief von einer Telefonzelle in Manhattan an.

»Hallo, wie geht's?« fragte Geraldo in den Hörer. »Ja, mir geht's gut. Hören Sie, sprech' ich mit ›Traders Börsenbüro‹? Gut! Sagen Sie, können Sie ihm was ausrichten?«

Jarod spielte unterdessen seine Rolle weiter überzeugend.

»Also, was ist das Problem?« wollte Trader wissen und nippte gelassen an seinem Drink.

»Die Lobektomie . . .«, druckste Jarod rum. »Ich

* Operative Entfernung eines Organlappens wie z. B. Lungenlappen.

schätze, ich hab' beim Schneiden ein Blutgerinnsel verursacht.«

»Kein Problem.« Trader lächelte entspannt.

»Kein Problem?« wiederholte Jarod fassungslos. »Die Aktiengesellschaft wird mich umbringen.«

»Machen Sie ein Blutbild«, schlug Trader vor. »Wenn die Zahl der weißen Blutkörperchen erhöht ist, wissen Sie Bescheid.«

»Und was dann?« wollte Jarod wissen.

»Dann entfernen Sie es«, erwiderte Trader. »Sagen Sie, Sie hätten innere Blutungen entdeckt. Heh, Sie sind der Arzt!«

Der Pieper unterbrach Trader.

»Jedesmal stört mich einer in der Mittagspause.« Verärgert nahm er den Apparat aus der Tasche und las Geraldos Nachricht auf dem Display: *»Wo ist Baileys Pre-OP-Film?«*

Trader erbleichte schlagartig.

»Äh . . ., ich muß wieder zurück«, stotterte er nervös.

»Und danke für den Rat, Alan«, verabschiedete sich Jarod.

Jarod beschattete Trader den ganzen Tag. Nach Feierabend kehrte dieser noch einmal zum Hospital zurück. Es war schon dunkel. Vor dem Eingang wartete Gwen auf ihn, die er offenbar per Handy alarmiert hatte.

Jarod stand hinter einem Baum und beobachtete die beiden. Jetzt endlich hatte er eine Spur, wer Traders geheimnisvoller Komplize gewesen sein konnte.

Am nächsten Tag saß Jarod in seinem Büro vor dem Computer und hackte sich in das streng vertrauliche

National Police Information Network ein. Die Informationen auf dieser Datenbank waren ausschließlich für Polizeiermittlungen gedacht. Doch Jarod knackte den Einwahlcode im Nu und war im System. Er wählte die Select Option, wo er Daten von Fahndungen, Zeugen oder allen Straftätern, die polizeilich registriert waren, abrufen konnte.

Jarod tippte: »Gwen Porter«. Kurz darauf erschien Gwens Foto mit einer Datei-Nummer auf dem Bildschirm. Das Bild war bestimmt schon über zwanzig Jahre alt. Gwen war damals eine richtige Schönheit gewesen – und sie war vorbestraft.

Jarod tippte ihre Registriernummer in die Konsole, und auf dem Bildschirm erschien Gwens Strafakte.

Kurz darauf betrat Nicole das Büro und gab Jarod einen Zettel.

»Oh, gut, daß Sie noch hier sind«, sagte sie. »Der Laborbefund der Blutprobe, um die Sie gebeten haben.«

»Danke.« Jarod überflog den Zettel.

»Gern geschehen.« Nicole verließ das Büro wieder.

Durch den Bluttest erhoffte sich Jarod Aufklärung über seine wirkliche Identität. Und während er die schockierenden Ergebnisse studierte, wanderten seine Gedanken wieder zurück ins Jahr neunzehnhundertdreiundsechzig. Zu dem verhängnisvollen Tag, als seine Fähigkeiten im *Center* getestet worden waren.

Damals hatte Jarod in seiner kindlichen Naivität das Empire State Building originalgetreu aus Bauklötzen gebaut und sich nichts dabei gedacht. Doch für Sydney war es eine Sensation gewesen, wie viele fehlende Daten Jarod durch Simulation einfach erdachte.

»Er ist knapp sechsunddreißig Stunden hier bei uns und zeigt bereits mehr Talent als all die anderen«, hatte Sydney damals durch die Kamera seinen Vorgesetzten gemeldet.

Dann hatte er sich Jarod vorgestellt.

»Jarod, ich bin Sydney«, hatte er gesagt. »Ich werde mich eine Weile um dich kümmern.«

»Wieso?« Jarod hatte sich suchend umgeschaut. »Wo sind meine Ma und mein Dad? Wo sind meine Eltern?«

Auf diese Frage suchte Jarod bis heute eine Antwort.

5. KAPITEL
Auge um Auge ...

New York
Empire-Hotel

Für Sydney war die Reise nach New York eine Strapaze gewesen. Er war froh, als sie spätabends das Hotel erreichten und er sich zu Bett legen konnte. Miss Parker und zwei Agenten vom *Center* hatten die benachbarten Zimmer gemietet.

Kurz vor Mitternacht wurde Sydney unsanft aus dem Schlaf gerissen.

»Feueralarm!« tönte draußen eine Megaphonstimme. »Feueralarm! Bitte verlassen Sie Ihre Zimmer, und begeben Sie sich zum nächstgelegenen Treppenhaus.«

Benommen taumelte Sydney aus dem Bett, zog rasch ein T-Shirt und eine Hose an und eilte auf den Hotelflur hinaus. Geordnet, ohne Panik, gingen die Hotelbewohner durch den Flur Richtung Treppe. Ein Feuerwehrmann gab ihnen Anweisungen. Er trug eine Feuerwehruniform mit Sauerstoffmaske.

»Weitergehen!« sagte er mit ruhiger Stimme. »Bitte bleiben Sie ruhig! Gehen Sie einfach weiter, und bewahren Sie Ruhe! Bitte begeben Sie sich zu den Notausgängen. Gehen Sie weiter!«

Sydney war einer der letzten, die durch den Flur schlurften. Er wollte gerade die Treppe betreten, da zog ihn der Feuerwehrmann an der Schulter zurück.

»Einen Augenblick, Sir«, bat er.

Binnen weniger Sekunden waren beide allein in dem Korridor. Der Feuerwehrmann nahm seinen Helm und die Sauerstoffmaske ab.

»Mein Gott!« keuchte Sydney.

»Tut mir leid, daß ich dich geweckt hab', Syd, aber ich muß mit dir reden«, entschuldigte sich Jarod. »Von Angesicht zu Angesicht.«

»Du siehst phantastisch aus«, sagte Sydney überrascht. »Was ist das?«

Jarod drückte ihm einen Zettel in die Hand. »Instruktionen ... wie ihr das Geld der Firma zurückbekommt«, erklärte er. »Abzüglich meiner Provision. Schau nicht so überrascht. Ich will von dem Geld nichts. Ich will nur die Wahrheit wissen.«

»Wovon sprichst du?« Sydney konnte nicht ganz folgen. Er war noch zu geschockt von dem, was er in den letzten Augenblicken alles erlebt hatte.

»Wer bin ich?« wollte Jarod wissen. »Hat die Firma mich adoptiert? Hat man mich gekauft? Und wer sind meine Eltern?«

»Jarod, das haben wir doch schon alles durchgekaut.« Sydney breitete in einer hilflosen Geste die Arme aus. »Deine Eltern starben damals bei einem Flugzeugunglück.«

»Ja, die Geschichte kenne ich, Sydney«, gab Jarod zu. »Die hat man mir ins Gedächtnis eingebrannt ... dreißig Jahre lang. Nur, weißt du, ich habe ... einige Tests durchgeführt. Mein Blut weist eine genetische Anomalie auf, und die müßte auch im Blut meiner angeblichen Eltern auftauchen. Aber es ist nicht so. Deshalb ist es völlig unmöglich, daß ich ihr Sohn bin. Also, die Wahrheit, nur dieses eine Mal.«

Miss Parker und die beiden Agenten waren in einem Pulk Menschen eingekeilt. Auf dem Parkplatz vor dem Hotel verteilten sich die Menschen wieder. Miss Parker konnte wieder frei atmen und denken. Das erste, was ihr auffiel, war, daß sie nirgendwo Feuerwehrautos sah. Das zweite war, daß nirgendwo Feuer oder Rauch zu entdecken war.

»Verdammt!« Miss Parker ahnte, was hier gespielt wurde. Wütend rannte sie in das Hotel zurück.

»Was ist los?« rief ihr einer der Agenten hinterher.

»Kein Rauch!« rief sie zurück und verschwand in der Eingangshalle. Die beiden Agenten liefen ihr hinterher ...

Jarod und Sydney standen allein im langen Korridor des ersten Stocks.

»Es tut mir sehr leid, Jarod«, beteuerte Sydney. »Das wußte ich nicht. Bitte, glaub mir. Aber welche Rolle spielt das noch?«

»Für mich spielt es eine Rolle«, erwiderte Jarod energisch. Seine Augen funkelten drohend. Seine Stimme wurde lauter. »Ich werde nicht mehr länger dein kleines wissenschaftliches Experiment sein. Ich kann immer sein, was ich will. Deine Ausbildung war gut. Ich kann Arzt sein, Ingenieur, wenn ich will, kann ich ein Astronaut sein. Und so vieles mehr. Aber ich weiß nicht, wer ich bin. Sag mir, wer ich bin!«

»Ich weiß es auch nicht«, beteuerte Sydney. »Ich hatte doch damals keinen Grund, in Frage zu stellen, was das *Center* mir sagte. Ich schwör's!«

»Dann beweis es!« Jarod ließ nicht locker. »Gib mir den morgigen Code für das Generalsystem des *Center*. Die Wahrheit über mich muß da drin zu finden sein.«

»Du weißt, daß ich das nicht tun kann«, blockte Sydney ab.

»Syd, du hast mir mein Leben gestohlen«, warf Jarod ihm vor. »Bitte gib es mir wieder.«

Miss Parker und die beiden Agenten kamen die Treppe hochgerannt.

»Sydney!« schrie Miss Parker mit barscher Stimme. In diesem Augenblick erschien sie Jarod wie ein wildes Tier, das Blut gerochen hatte. Gnadenlos.

»Erschieß ihn!«

»Ich werd's versuchen«, log Sydney und flüsterte Jarod zu: »Geh!«

Jarod wirbelte herum und rannte davon. Die beiden Agenten zückten ihre automatischen Pistolen.

»Nein, nicht schießen!« Sydney stellte sich in die Schußlinie. Derweil gelang es Jarod, ungefährdet in eines der Hotelzimmer schlüpfen. Er verriegelte die Tür hinter sich und entkam über die Feuerleiter.

»Entscheiden Sie sich endlich, Sydney«, fauchte Miss Parker Sydney an. »Entweder sind Sie ein Wissenschaftler oder ein Mann. Sie können nicht beides zusammen sein.«

New York
Grand Central Station

Jarod durchquerte zielstrebig die große Halle der Grand Central Station. Der Bahnhof war Tag für Tag Endstation für unzählige Züge, die zahllose Pendler morgens in die Stadt und abends wieder hinaus brachten. Jarod bahnte sich einen Weg durch die Menschenströme zum Zug nach Washington D.C.. Auf dem Bahnsteig entdeckte er Gwen.

»Entschuldigen Sie!« Jarod rannte im Laufschritt hinter ihr her. »Gwen!«

Gwen drehte sich überrascht um.

»Dr. Russel«, stammelte sie fassungslos.

»Kann ich Sie einen Moment sprechen?« fragte Jarod und gab ihr die Akte mit geheimen Unterlagen des Krankenhauses.

»Gibt's ein Problem?« Gwen warf einen flüchtigen Blick auf die Akte, wandte sich abrupt ab und ging weiter. »Das dürfte nicht in Ihrem Besitz sein.«

»Ich wußte, daß Trader etwas damit zu tun hatte.« Jarod lief ihr nach und holte sie nach wenigen Metern wieder ein. »Aber ich konnte mir nicht erklären, warum ihm jemand helfen sollte, es zu vertuschen.«

»Wovon sprechen Sie überhaupt?« fragte sie.

»Ich wußte es nicht, bis ich das hier fand«, erklärte er. »Das ist eine Kopie Ihrer Polizeiakte. Wer wußte sonst noch, daß Sie im Gefängnis waren, außer Trader?«

»Wer zum Teufel sind Sie?« Gwen starrte ihn erschrocken an.

»Jemand, der es nicht fair findet, was Kevin Bailey passiert ist«, antwortete er ausweichend.

»Denken Sie, ich finde das fair?« fragte sie verbittert. »Sie haben keine Ahnung, was es mich gekostet hat, wieder auf die Beine zu kommen. Ich habe einen Job. Ich habe einen guten Ehemann, und ich hab' ein wundervolles Kind. Und ich . . . ich will das nicht verlieren, kapiert?«

»Ich will nicht, daß Sie irgendwas verlieren«, beteuerte Jarod. »Ich will nur, daß Sie die Wahrheit sagen.«

»Was würden Sie tun, wenn Ihre Frau nach Hause käme und Ihnen erzählte, daß sie drogenabhängig gewesen ist und im Knast war?« Sie sah ihm in die Augen.

»Ich würde sagen, daß sie dafür bezahlt hat, und dann würde ich sie fragen, wieso sie mir nicht vertraut und mir die Wahrheit gesagt hat«, entgegnete er. »Ich denke, genau das würde ich zu ihr sagen.«

»Sie ahnen ja nicht, was für eine Angst ich habe«, gestand sie.

»Doch, das tu' ich«, beteuerte Jarod.

»Ich mußte Dr. Trader in der Nacht in der Silver Rail Bar anpiepen«, erzählte sie mit Tränen in den Augen. »Jeder wußte, daß er getrunken hatte, aber zugeben wollte es niemand. Ich zeigte ihm die Röntgenbilder. Sogar ich wußte, sie hätten Bailey unbedingt stabilisieren müssen. Doch er sagte, ich hätte unrecht, und . . . er sei der Arzt. Und dann verletzte er ihn am Rückenmark, als er ihn bewegte. Aber es war Dr. Miles Hendricks, der alles vertuschen wollte, und mir drohte, meine Vergangenheit preiszugeben, wenn ich nicht meinen Mund halten würde. Und als Trader dann immer klarer wurde, was er getan hatte, drehte er durch und gab mir den Befehl, die Röntgenbilder sofort zu verbrennen. Aber das konnte ich nicht. Statt dessen ging ich zu Dr. Hendricks. Ich weiß nicht, wieso ich diese Idee hatte. Ich mein', der Mann deckte Trader schon seit Jahren. Er nahm dann die Röntgenbilder an sich. Ich mußte schwören, keinem zu sagen, daß er die Bilder hat. Er meinte, er könnte sie vielleicht noch für die Versicherung gebrauchen.«

»Ich danke Ihnen.« Jarod hatte erfahren, was er wissen wollte.

»Dr. Hendricks wird Ihnen die Röntgenbilder niemals geben!« Gwen schüttelte den Kopf. »Der stirbt eher, als daß er die Aktienverkäufe aufs Spiel setzt.«

Hospital Queen of Angels
New York

Jarod rief von seinem Büro im Krankenhaus erst einmal Trader an und verabredete sich mit ihm um zwölf in der Silver Rail Bar. Trader versprach zu kommen.

Dann rief Jarod Miles an und bat um eine Partie Rakketball. Er bemühte sich um einen ruhigen, sachlichen Tonfall, damit man seine nervliche Anspannung nicht heraushörte.

»Warum wollen Sie schon wieder spielen, wo ich Sie doch gerade geschlagen habe?« fragte Miles verwundert.

»Als Revanche«, antwortete Jarod. »Wie wär's mit ... mit heute?«

»Das wird Ihre Beerdigung«, prophezeite Miles amüsiert.

»Na ja, einmal werden wir alle gehen müssen, nicht wahr?« erwiderte Jarod, während er mit einer Hand den Hörer hielt und mit der anderen Medikamente in einem kleinen Mörser mixte.

Jarod legte auf. Dann schüttete er das Pulver in eine Wasserflasche, die genauso aussah wie die, die Miles immer mit zum Sport nahm. Das Mittel würde Miles nicht töten, aber es würde ihm einen gehörigen Schrekken einjagen.

Das Spiel endete so, wie Miles es angekündigt hatte. Er gewann zwar knapp und nach hartem, schweißtreibendem Kampf, aber er gewann.

»Spiel, Satz und Sieg, mein Junge.« Miles stand mit zittrigen Beinen auf dem Spielfeld und wischte sich den Schweiß von der Stirn. »Werfen Sie mir bitte die Flasche Wasser rüber, ja?«

»Gerne, Miles.« Jarod ging zu den beiden Sporttaschen, die in einer Ecke lagen. Eine davon gehörte ihm, die andere Miles. In beiden Taschen waren gleich aussehende Wasserflaschen.

Jarod ging in die Hocke, zog unbemerkt seine Wasserflasche aus der Sporttasche und warf sie Miles zu.

»Also, Jarod«, fragte Miles zwischen zwei tiefen Schlucken aus der Flasche. »Wieso tun Sie sich das an?«

»Na, ich hab' mir gedacht, ich lass' Sie ein paarmal gewinnen, ernte Ihr Mitgefühl . . . und Sie geben mir die Aktien billiger«, antwortete Jarod verschmitzt.

»So leicht hab' ich kein Mitleid«, erwiderte Miles. »Aber ich sag' Ihnen was. Sie haben mich heute ganz schön rumgescheucht. Sie werden schon besser.«

»Ich hab' trainiert«, gestand Jarod.

»Aha!« Miles nahm noch einen tiefen Schluck aus der Flasche. »Aber ich habe gewonnen.«

Miles hielt inne. Das Medikament in dem Wasser tat seine Wirkung. Mit geweiteten Augen starrte Miles auf das Spielfeld. Die Wand schien sich wie eine elastische Fläche in die Breite zu ziehen. Gleichzeitig spürte er ein merkwürdiges Prickeln, das in seinen Beinen aufstieg. Miles stieß einen kurzen heiseren Laut aus. Er holte tief Luft, in der Hoffnung, daß es ihm danach wieder besserging.

»Alles in Ordnung, Miles?« erkundigte sich Jarod.

Miles lief der Schweiß über den Rücken. Seine Knie zitterten. Es war, als schieße ihm eine Welle heißes Wasser von den Schultern bis in die Fingerspitzen.

»Rufen Sie bitte einen Krankenwagen!« keuchte er mit zittriger Stimme.

Dann brach er mit kalkweißem Gesicht zusammen.

Zur gleichen Zeit wartete Trader in der Silver Rail Bar. Er saß am Tresen und verkürzte sich die Wartezeit mit einigen Brandys.

Denise, die Bardame, erhielt einen Anruf vom Krankenhaus. Sie solle Trader ausrichten, daß Dr. Russel etwas später kommen würde.

»Nennen Sie mir einen Arzt, der sich nicht verspätet«, lallte Trader und bestellte gleich noch einen Drink.

Vor Miles' Augen lichteten sich die roten Schleier. Der dumpfe Schmerz, der ihn zu ersticken drohte, blieb jedoch. Er erwachte aus der Bewußtlosigkeit. Als erstes registrierte er, daß er auf einer Trage lag, die gerade aus dem Krankenwagen geschoben wurde

»An die Arbeit!« rief Jarod einer Krankenschwester zu. »Alles vorbereiten. Dr. Hendricks hat einen Herzanfall!«

Während die Trage in das Krankenhaus gerollt wurde, befestigte eine Schwester ein Blutdruckmeßgerät an Miles' Arm.

»Puls hundertzwölf«, meldete sie. »Unregelmäßiger Blutdruck von fünfundsiebzig auf sechzig gefallen.«

»Er soll als erstes an den Nitrotropf«, befahl Jarod. »Und bereiten Sie ihn auf den OP vor. Sofort!«

Sydney saß unterdessen in der Hotelhalle, blätterte in einer Zeitung und wartete auf Miss Parker. Eigentlich erwartete er ein Donnerwetter von ihr, weil er gestern Jarod laufengelassen hatte. Aber als Miss Parker kam, war sie bester Laune.

»Sie haben mich belogen«, trällerte sie. »Gestern abend haben Sie gesagt, Jarod käme her, um Geld zurückzubringen. Eigentlich wollte er aber nur an den Hauptcomputer ran, Syd.«

»Das war das wenigste, was ich tun konnte«, erwiderte Sydney. »Man hat ihn belogen wegen seiner Eltern. Und mich auch.«

»Hören Sie auf zu schmollen«, gurrte sie. »Man hat's Ihnen verschwiegen, weil Sie es nicht wissen mußten. Nun, Sie haben uns allen einen großen Gefallen getan. Ich konnte seine Leitung zurückverfolgen. Er hat sich heute morgen eingeloggt.«

»Und, wo ist er?« Sydneys Augen wurden groß.

»Hospital Queen of Angels«, verkündete sie. »Sie fahren gerade den Wagen vor. Gehen wir!«

»Das *Center* will ihn aber lebend«, erinnerte Sydney, der das Schlimmste befürchtete.

»Vorzugsweise«, gab sie mit keckem Augenaufschlag zurück.

Miles lag im OP. Er konnte sich nicht rühren. Seine Glieder waren bleischwer. Seine Beine verkrampften sich. Doch er registrierte, wie Schwestern alles für eine Notoperation bereitmachten. Jarod trug bereits seinen Chirurgenkittel und streifte sich gerade die antiseptischen Handschuhe über.

»Miles, ich hab' in der Geschwindigkeit keinen Kardiologen erreichen können, aber keine Sorge, Dr. Trader wird gleich herkommen«, sagte Jarod in ruhigem Plauderton.

»Nein!« Miles riß vor Entsetzen die Augen auf.

»Er wird sich um Sie kümmern, Miles«, versprach Jarod. »Er hat sich doch auch um Kevin Bailey gekümmert.«

»Nein, bitte«, bettelte Miles. »Führen Sie die Operation durch, bitte.«

»Okay, okay, okay, Miles«, lenkte Jarod ein. »Kein Problem. Aber zuerst sagen Sie mir, wo die Röntgenbilder von Kevin Bailey sind.«

Miles spürte Todesangst in sich aufsteigen, die jeden klaren Gedanken wegspülte.

»Sie sind in einem Buch . . . oberstes Regal in meinem Büro«, stieß er hysterisch aus. »Aber jetzt . . . operieren Sie.«

»Ich würd' das gerne tun, Miles.« Jarod grinste breit. »Stimmt wirklich. Aber es wäre gegen die Ethik. Sehen Sie, ich bin in Wahrheit gar kein Arzt. Und Sie haben in Wahrheit keinen Herzanfall.«

Damit ging er hinüber in Miles' Büro. Er mußte die

Röntgenbilder finden, bevor das Medikament bei Miles seine Wirkung verlor.

Miles hatte nicht gelogen. Jarod fand die Röntgenbilder genau an der Stelle, die Miles ihm verraten hatte. Jarod hielt beide gegen das Licht. Es waren die richtigen. Mit diesen Bildern wurde bewiesen, daß Kevin Baileys Lähmung ein Kunstfehler Traders war. Jarod steckte die Bilder in die Mappe zurück und verließ damit das Büro.

Unterwegs schaute er kurz im Büro der diensthabenden Krankenschwester vorbei.

»Nicole, würden Sie die Sicherheitsleute rufen und sie bitten, die Operation an Dr. Miles Hendricks zu stoppen«, bat er sie. »Trader ist betrunken.«

»Mein Gott!« Nicole sprang entsetzt auf und rannte los.

Jarod war schon auf dem Weg zum Ausgang, als er beinahe Miss Parker, Sydney und einer Handvoll *Center*-Agenten in die Arme lief.

»Jarod!« schrie Sydney. »Jarod!«

Ohne eine Spur von Furcht drehte Jarod auf dem Absatz um und rannte ins Treppenhaus zurück. Miss Parker und ihre Begleiter hetzten ihm hinterher. Doch im ersten Stock war Jarod wie vom Erdboden verschluckt. Der lange Flur lag menschenleer vor Miss Parker.

»Er kann nur in einem dieser verdammten Zimmer sein«, vermutete sie.

Da drang aus einem Krankenzimmer auch schon der schrille Schrei einer Frau.

»Das kam von da vorne.« Miss Parker stürmte in das betreffende Zimmer.

Mrs. Nikkos saß hysterisch im Bett und deutete auf das offene Fenster.

»Ein Mann ist die Feuertreppe raufgeklettert«, kreischte sie.

»Er will aufs Dach«, schrie Miss Parker und kletterte aus dem Fenster. Sydney und die beiden Agenten folgten ihr.

Kaum waren sie fort, kroch Jarod unter dem Bett hervor. Er gab Mrs. Nikkos einen Kuß auf die Wange und bedankte sich für die Hilfe. Jarod verschwand über das Treppenhaus nach unten.

Miss Parker und die Agenten durchsuchten jeden Winkel des Flachdaches. Aber von Jarod fanden sie keine Spur. Sydney lehnte erschöpft am Geländer, da sah er Jarod unten auf der Straße in ein Taxi steigen.

»Jarod!« rief Sydney. »Jarod!«

Jarod schaute zum Dach und sah Sydney und Miss Parker. Er winkte ihnen kurz zu.

Miss Parker kochte vor Wut. Hilflos mußte sie mit ansehen, wie Jarod mit dem Taxi davonfuhr. Dieser Mistkerl hatte sie wieder einmal reingelegt! Das hatte bisher noch kein Mann bei ihr geschafft.

Jarod schickte die Röntgenbilder mit einem entsprechenden Kommentar an Kevin Bailey.

Die nächsten Tage genoß er seine Freiheit und spazierte durch New York. Die Stadt erschien ihm bunt, schillernd und rätselhaft. Alle Farben und Rassen schien diese Stadt zu vereinen. Noch nie hatte sich Jarod so frei gefühlt wie hier. Doch bei aller Freiheit mußte er sich stets daran erinnern, daß er auf der Flucht war und sich niemals zu lange an einem Ort aufhalten durfte.

Auf dem New Yorker La Guardia Airport las er in der Zeitung, daß der Fall Kevin Bailey neu aufgerollt wurde, weil nun die echten Röntgenbilder aufgetaucht seien. Dr. Trader und Dr. Miles Hendricks drohten der Entzug der Approbation und hohe Geld- und Gefängnisstrafen.

»Achtung bitte«, hallte eine Frauenstimme aus dem Lautsprecher. »Für Flug Nummer vierzehn nach San Diego können Sie jetzt an Gate zwölf einsteigen. Bitte halten Sie Ihre Bordkarten bereit!«

»Sie müssen jetzt einsteigen, Sir«, sagte eine Stewardeß zu Jarod. »Sie wollen doch nicht Ihren Flug verpassen.«

»Keine Sorge. Ohne mich fliegen die nirgendwohin«, antwortete Jarod, stand auf und strich seine Pilotenuniform glatt.

6. KAPITEL
Jedes Bild erzählt eine Geschichte

Das Wasser war eisig. Viel kälter, als Jarod erwartet hatte. Es raubte ihm zunehmend den Atem. Wie viele Stunden war er geschwommen? Acht? Zehn? Fünfzehn? Mit immer schwächeren Zügen zerteilte er das Wasser. Worauf hoffte er noch? Daß ihn jemand in letzter Sekunde rettete? Welche Hoffnung auf Rettung er auch immer hatte, sie war sehr kurzlebig. Seine Arme erlahmten. Das Wasser schloß sich über seinem Kopf. Während Jarod tiefer sank, glitten seine letzten Atemzüge in Silberblasen aus seinem Mund zur Oberfläche. Er öffnete ihn zum Schrei und spürte, wie er sich mit kaltem Wasser füllte. Doch Jarod kämpfte immer noch. Unerbittlich sank er in die Tiefe. Das Wasser hüllte ihn wie ein klammes Leichentuch ein.

Y.M.C.A
Seattle, Washington

Mit dem Lear-Jet erreichten Miss Parker und Sydney Seattle. Angetrieben von Adrenalin und der Angst, daß ihnen Jarod wieder einmal entkommen könnte, fuhren sie vom Flughafen zum Y.M.C.A, dem Wohnheim für »Christliche junge Männer«. Die Techniker des *Centers* hatten festgestellt, daß die letzten Anrufe Jarods aus diesem Wohnheim gekommen waren.

Der Heimleiter führte sie in Jarods Zimmer, das jetzt natürlich leer war. Der Raum war eng. An den Fenstern des Zimmers waren die Vorhänge zugezogen. Die Tapete war vergilbt und der Teppich abgetreten. Aber auf Luxus schaute man in dieser preiswerten Unterkunft nicht.

»Sie haben ihn gerade verpaßt«, bedauerte der Heimleiter. »Er ist erst seit ein paar Tagen weg.«

»Wie sah er denn aus?« wollte Sydney wissen.

Eigentlich war Miss Parker als Chefin der Sicherheitsabteilung S.I.S beauftragt, die Schmutzarbeit zu leisten und Jarod zu finden. Aber je länger ihre Suche dauerte, desto stärker wurde Sydney in die Suche einbezogen. Seiner Meinung nach würden sie Jarod nie erwischen. Dazu war er viel zu gerissen – und er war ein Pretender. Er besaß die perfekte Tarnung.

»Oh, cirka einsfünfundachtzig groß, achtzig Kilo schwer, nehm' ich an«, antwortete der Heimleiter.

»Das meinte ich nicht«, erwiderte Sydney. »Ich meine, war er in Ordnung? Schien er bei guter Gesundheit zu sein?«

»Machen Sie Witze?« sagte der Heimleiter. »Der Mann hatte 'ne Kondition, da würden Profis blaß vor Neid.«

Auf dem Schreibtisch lag Jarods rotes Notizbuch. Miss Parker blätterte darin und fand einen ausgeschnittenen Zeitungsartikel mit der Überschrift: NUKLEAR-KATASTROPHE ABGEWENDET. Darunter prangte ein

Foto, das eine Gruppe fröhlicher Menschen zeigte und mit: »*Familien der verseuchten Arbeiter erhalten Millionen*« kommentiert war.

»Also sagen Sie mir, wenn Mr. Spitz in Wirklichkeit gar kein Atom-Techniker war, wie konnte er verhindern, daß wir von dem Kernkraftwerk gegrillt wurden?« hakte der Heimleiter nach.

»Mr. Spitz ist ein . . . äh.« Sydney überlegte, wie er dem Mann erklären sollte, was Jarod in Wirklichkeit war.

». . . ein faszinierender Mann«, sagte Miss Parker schnell, bevor Sydney zuviel ausplauderte.

Sie hob eine der Papierpuppen hoch, die Jarod ausgeschnitten hatte. Es waren immer wieder zwei gleiche, gesichtslose Puppen. Die größere stellte eine Frau dar, die kleinere ein Mädchen, dem Jarod eine Träne aufgemalt hatte.

»Nun, wissen Sie schon mehr über Jarods Ödipus Komplex, Dr. Freud?« Miss Parker lächelte spöttisch.

Sydney schüttelte betrübt den Kopf.

»Jarod, das war sein Vorname, ja«, bestätigte der Heimleiter. »Ist doch seltsam. Man sollte doch annehmen, daß ein erwachsener Mann, dessen Nachnahme ›Spitz‹* ist, schon schwimmen kann, oder nicht?«

»Hat er hier etwa Schwimmunterricht genommen?« fragte Miss Parker überrascht.

»Ja, das hat er«, antwortete der Heimleiter. »Er hat schnell gelernt. Nach knapp fünf Wochen war er schon bei den fortgeschrittenen Schwimmern. Jeden Tag ist er geschwommen. Schwimmen war sein ein und alles. Bis auf letzte Woche. Da verbrachte er zwar auch jede

* Anspielung auf den Schwimmer und mehrfachen Olympiasieger Mark Spitz

Minute im Becken, aber er ist nicht einen Meter geschwommen.«

»Was soll das heißen?« Sydney zog verwundert die Stirn kraus.

»Von morgens an bis unser Personal den Pool um Mitternacht schließt, war er im tiefen Becken ... und hat Wassertreten geübt, ohne aufzuhören«, antwortete der Heimleiter. »Nur Wassertreten.«

Miss Parker drückte Sydney die Papierpuppen in die Hand und ging nach nebenan ins Badezimmer. Die Wanne war immer noch gefüllt. Im Wasser trieben einige kleine Schiffchen. Auf dem Rand stand ein Spielzeughubschrauber.

»Ich frage mich, was Ihr ›wissenschaftliches Projekt‹ wohl jetzt vorhat«, fragte sie Sydney und ließ den Propeller des kleinen Hubschraubers rotieren.

Jarod saß neben Martha Poole im Hubschrauber der Küstenwache. Die dreißigjährige blonde Pilotin zog eine Schleife über dem Meer. Genau wie sie trug Jarod eine Schwimmweste über der Uniform der Küstenwache.

»Jetzt eine Kurve und abwärts«, befahl Jarod ihr. »Gehen Sie mal näher ran.«

Unter ihnen trieb eine Jacht. Aus der Kajüte quoll schwarzer Qualm. Eine junge Frau taumelte an Deck.

»Das raucht ganz schön«, meinte der Martha. »Ich rufe ein Rettungsboot.«

Das Feuer breitete sich rasend schnell auf der kleinen Jacht aus. Die verzweifelte Frau sprang über Bord. Fast zeitgleich explodierte die Jacht. Eine Feuersäule schoß zum Himmel. Die ungeheure Druckwelle erfaßte die Frau mitten im Sprung und schleuderte sie meterweit. Sie schlug hart aufs Wasser und versank wie ein Stein.

»Sie ist über Bord«, antwortete Jarod und schnallte sich los. »Wir haben keine Zeit mehr.«

»Jarod, nein!« schrie Martha, als sie erkannte, was er vorhatte.

Aber Jarod sprang bereits aus der Kanzeltür. Zehn Meter tiefer tauchte er ins Wasser ein. Im selben Augenblick zerfetzte eine erneute Explosion das Schiff.

Martha kreiste über eine Minute lang über der Unglücksstelle. Von Jarod und der Frau fehlte jedes Lebenszeichen.

»Komm schon, Jarod!« keuchte Martha. »Tauch auf, Jarod!«

Endlich erschien Jarod wieder an der Wasseroberfläche. Er hielt die halb bewußtlose Frau im Rettungsschwimmergriff.

»Hallo, mein Name ist Jarod«, beruhigte er sie. »Gleich werden Sie in Sicherheit sein.«

Martha ließ ein Seil hinab und fischte Jarod und die gerettete Schiffbrüchige auf.

Das Center
Blue Cove, Delaware

Miss Parker schossen auf dem Weg zum Testlabor tausend Gedanken durch den Kopf. Sie drehten sich alle um ihre karrierehemmende Jagd nach Jarod.

Sie ignorierte das ewige Gestarre der Männer, die stehenblieben und ihr mit offenen Mündern hinterherglotzten, wenn sie im ultrakurzen Rock an ihnen vorbeiglitt wie ein Model auf dem Catwalk.

»Miss Parker, ein Fax für Sie.« Eine junge Sekretärin stöckelte atemlos hinter ihr her und gab ihr ein Blatt Papier. Darauf stand: *»Tut mir leid, daß ich Sie im Y.M.C.A verpaßt habe. Die Dinge sind nicht immer so, wie sie scheinen – Jarod.«*

Miss Parker spürte einen Stich im Magen, als sie das las. Verspottete Jarod sie nur, oder steckte mehr dahinter?

Im Labor führte Sydney gerade einen PSI-Test mit Nummer eins und Nummer zwei – zwei kleinen Mädchen – durch. Sie waren sehr talentierte eineiige Zwillinge. Doch Nummer eins und Nummer zwei besaßen bei weitem nicht die Begabung, die Jarod in ihrem Alter gehabt hatte.

Miss Parker schoß herein wie ein gereizter Bluthund, den man auf eine frische Fährte gesetzt hatte.

»Sydney, ich muß mit Ihnen reden«, sagte sie knapp im Vorbeigehen.

Sydney eilte ihr nach nebenan hinterher.

»Mit Ihrer Theatralik machen Sie den Kindern angst«, beschwerte er sich.

»Sparen Sie sich das Lieber-Onkel-Getue, Syd.« Miss Parker war keine Frau, die schrie oder fluchte. Sie war sehr stolz darauf, daß sie auch unter Druck eisige Ruhe bewahrte. »Ich hab' mich mit Broots in der Technik verabredet, damit er uns hilft, Jarod zu finden. Ich glaube, das hat Vorrang vor Nummer eins und zwei.«

»Broots Technik wird uns nicht dabei helfen, ein Chamäleon zu finden«, widersprach Sydney auf dem

Weg zum Aufzug. »Jarod verändert seine Farbe. Er tarnt sich. Wir können uns ihm nur nähern, wenn er es zuläßt. Haben Sie Geduld, Miss Parker. Haben Sie ein bißchen Geduld.«

»Geduld, mein Guter, damit können Sie vielleicht die Idioten beim Entwicklungsdienst ruhigstellen«, fauchte sie. »Aber für meinen Vater und die Chefetage ist Geduld dasselbe wie ein Fehlschlag.«

»Aber Jarod ist ein Pretender«, gab Sydney zu bedenken. »Er kann sich, wenn er will, nach Belieben verwandeln. Und mit so einer Telefonfalle von Broots werden wir ihn nie bekommen.«

»Das glaubte man vom »Unabomber«* auch«, widersprach Miss Parker. »Und wie kam man dem Kerl auf die Schliche? Durch einen Brief an Mami. Es sind immer die Klugen, die etwas Dummes tun. Sie sind sein Teddybär, Syd. Und wenn er eine Umarmung braucht, werde ich dasein und ihn zerquetschen.«

»Lassen Sie uns die Treppe nehmen«, schlug Sydney vor. »Es sind nur drei Etagen.«

»Hören Sie auf, mich zu bemuttern«, zischte Miss Parker und betrat den Lift. »Es sind zwanzig Jahre her, zum Teufel. Es macht mir nichts aus, Fahrstuhl zu fahren. – Und Ihnen sollte es auch nichts ausmachen.«

»Ihre Mutter war etwas Besonderes«, sagte Sydney betrübt.

»Meine Mutter war schwach. Punkt«, spie sie trotzig aus. »Sie konnte dem Druck der S.I.S. nicht standhalten. War ihm nicht gewachsen. Ich hab' das Problem

* Berüchtigter Bombenleger

nicht. Das einzige, worüber ich mir je den Kopf zerbrochen hab', war: wieso in einem Fahrstuhl? Sie fahren rauf und wieder runter und ... enden irgendwo im Nichts. Unglaublich, wie ein einziger Schuß das Leben verändern kann, Syd.«

»Wenn Sie nicht darüber reden wollen ...«, Sydney bereute, daß er das Thema überhaupt angeschnitten hatte.

Basis der Küstenwache

Jarod liebte die frühen Morgenstunden, wenn die Sonne über dem endlosen Golf von Mexiko aufging. Aber schon um diese Zeit glich die Kaserne der Küstenwache einem Ameisenhaufen. Die Männer und Frauen bereiteten sich mit militärischer Disziplin und Präzision auf ihren Einsatz vor. Militärlaster krochen langsam zum Flugfeld, wo die Einsatzhubschrauber gecheckt wurden.

Im Gegensatz zu Jarod vergeudete Martha Poole keine Zeit für die Schönheiten der Natur. Sie verstaute Gepäck in einem Hubschrauber und bereitete sich auf ihren nächsten gefährlichen Einsatz vor. Das Aufgabengebiet der Küstenwache umschloß nicht nur die Rettung in Seenot geratener Urlauber, sondern auch die Jagd auf Schmuggler und andere Kriminelle.

»Hallo, Martha«, grüßte Jarod im Vorbeigehen. »Guten Morgen.«

»Sie sehen viel zu ausgeruht aus, um in 'ner Unterkunft der Küstenwache übernachtet zu haben«, antwortete Martha und lächelte herzlich.

»Ich wohn' außerhalb der Basis«, gestand Jarod.

»Dazu habe ich drei Jahre und einen Ehemann gebraucht.« Martha konnte ihre Überraschung kaum verbergen. »Wie haben Sie das so schnell schaffen können?«

»Ich hab' meine Versetzungspapiere vergessen«, entgegnete Jarod.

Plötzlich versteinerte Marthas Gesichtsausdruck. Sie wurde schlagartig weiß wie die Wand. Eine Welle von Übelkeit überrollte sie. Ihre Hände zitterten. Sie preßte den Mund zusammen und versuchte, sich nicht zu übergeben.

»Martha?« fragte Jarod besorgt. »Alles in Ordnung?«

»Verdammt!« Sie würgte. »Das Sushi war schlecht.«

»Gibt's noch einen anderen Grund?« fragte Jarod skeptisch.

Die Übelkeit verging so plötzlich, wie sie gekommen war. Martha konnte wieder ruhig durchatmen.

Commander Powell wanderte um den Hubschrauber herum und blieb bei ihnen stehen. Powell war Mitte Fünfzig, klein, drahtig mit weißgrauem Bart und listig funkelnden Augen.

»Lieutenant Campbell!« grüßte er Jarod. »Gut, daß ich Sie noch erwische. Ich möchte Ihnen meinen Lieutenant-Commander vorstellen, Paul Bilson.«

Bilson war Anfang Vierzig und fast einen Kopf größer als Jarod. Er war sehr stämmig, mit breitem Gesicht und kraftvollen Armen. Seine Uniform saß tadellos. Sie spannte nur am Bauch ein bißchen.

»Freut mich sehr, Sir.« Bilson schüttelte Jarod die Hand. »Man sagt, Sie haben sich gestern ganz schön ins Zeug gelegt. Ich hörte, Sie haben das Opfer sogar selbst aus dem Wasser gezogen.«

»Es war doch gut, daß ich beim Y.M.C.A. Schwimmunterricht hatte«, antwortete Jarod verlegen.

»Ich wünschte, alle, die hierher versetzt werden, wären so bescheiden – vom Talent ganz zu schweigen«; sagte Powell und lachte väterlich.

»Commander Powell, ich hatte gehofft, ich könnte Sie kurz wegen meiner Beförderung sprechen«, mischte sich Martha ein.

»Alle Beförderungen laufen über den ›L.C.‹«, wiegelte Powell ab.

»Ihre Akte liegt auf meinem Schreibtisch«, wandte Bilson sich an Martha. »Wird schnellstens erledigt, versprochen.«

»Ich danke Ihnen, Sir.« Martha lächelte dankbar.

»Nun dann, ich lasse Sie in guten Händen zurück, Lieutenant Campbell.« Commander Powell salutierte und schritt rasch davon.

Jarod, Martha und Bilson schlenderten zu den Bootsanlegestellen. Am Kai ankerten drei Boote. Ein altes Rettungsschiff, an dessen hölzernem Rumpf überall die Farbe abblätterte, ein modernes Einsatzboot der Küstenwache und ein altersschwaches offenes Schnellboot, das offensichtlich nur noch von Rost und gutem Willen zusammengehalten wurde.

Jarod schlenderte mit seinen Begleitern über den schmalen Kai und ließ seinen Blick über die drei Boote gleiten.

»Tja, die Frage ist jetzt, wie seefest sind Sie wirklich?« flachste Bilson. »Ich meine, fliegen kann jeder, nicht wahr, Poole?«

»'nen Drachen vielleicht, Sir«, antwortete sie trocken und blieb am Kai zurück.

Jarod folgte Bilson über einen langen Pier, der vom Strand weit ins Meer reichte. Sie kletterten auf Deck des betagten Schnellbootes. Am Vorschiff saß Saltz, ein kleiner, philippinischer Monteur, an einem antiken Funkgerät. Das ganze Boot war ein Paradies für Mechaniker. Irgendwas gab es hier immer zu reparieren.

»Morgen, L.C.«, grüßte Javi, ein kleiner hagerer Mann mit Bürstenhaarschnitt. »Der Motor schnurrt wieder wie'n Kätzchen.«

»Ich trau' dem alten Klepper nicht.« Bilson blickte skeptisch auf die verwitterten Planken. »Ich nehm' die '45er. Commander Powell will aus seinen Leuten wahre Seefahrer machen. Sind Sie bereit für den Ozean?«

»Ja, Sir«, meldete Saltz.

»So bereit, wie man nur sein kann, Sir«, ergänzte Jarod.

Kurz darauf pflügte ihr Kabinenboot durch die spiegelglatte See. Neben Jarod waren noch Bilson, Saltz und Javi Padilla an Bord.

»Hallo, Jarod Campbell«, stellte er sich dem Funker vor.

»Javi Padilla«, antwortete der.

»Freut mich.« Jarod schüttelte ihm die Hand. »Ist Bilson immer so in Eile?«

»Nur wenn das Meer ruft«, entgegnete Javi.

»Commander Powell hat gesagt, Sie sind in der Katima Bay auf einem Eisbrecher gefahren«, mischte sich Bilson in das Gespräch ein.

»Auf Great Lakes?« wiederholte Javi überrascht. »Sie haben gesagt, daß er 'n Süßwasser-Matrose ist, Sir.«

»Hört doch auf, Leute«, beschwichtigte Jarod. »Schließlich hab' ich mich zu der Einheit mit der besten Rettungs-Statistik versetzen lassen.«

»Da haben Sie verdammt recht«, meinte Bilson stolz. »Allein im letzten Jahr haben wir hundertachtundsiebzig Rettungsaktionen durchgeführt.«

»Wow!« Jarod nickte anerkennend.

Javi deutete mit einer Kopfbewegung zu einem Kabinenboot, das eine Meile vom Ufer entfernt im Wasser dümpelte. Das Boot war ein Wrack. Es hatte leichte Schlagseite.

»Seht wie ein 42/80* aus«, meinte Bilson.

»Hat ungefähr drei Grad Schlagseite«, ergänzte Jarod. »Herrenlos?«

»Das nehme ich an«, antwortete Bilson. »Javi, fahren Sie ran. Jarod, überprüfen! Javi, gehen Sie längsseits.«

Javi drosselte das Tempo und umkreiste das Kabinenboot. Am Heck stand in großen Lettern der Name *»Magdalene«*. Das Schnellboot machte Backbord fest. Aus der Kajüte drang das einzige Lebenszeichen an Bord. Eine ziemlich kratzige Version von Wagners »Fliegendem Holländer«.

»Hallo?« Bilson kletterte an Bord des Wracks.

»Hier ist die Küstenwache! Ist jemand hier? Hallo?! Ist jemand an Bord?«

Bilson trat an die Ruderbank und betrachtete das Schwarzweißfoto einer attraktiven Frau, das dort in

* Havarie

einem Rahmen stand. Das nächste, was Bilson sah, war der Doppellauf einer Flinte, die ihm Abbott unter die Nase hielt.

Roy Abbott war groß, hager und Mitte Vierzig. Sein zerzaustes Haar und die Bartstoppeln in seinem von Sonne und See gegerbtem Gesicht verrieten, daß er keinen gesteigerten Wert auf sein Äußeres legte. Seine mißtrauisch funkelnden Augen in Kombination mit dem Gewehr ließen erahnen, daß Besucher auf seinem Boot nicht willkommen waren.

»Na, na, Sir«, sagte Jarod beruhigend. »Niemand will Ihnen was tun.«

»Oh, zum Teufel«, fluchte Abbot, als er seine Besucher erkannte.

»Roy Abbott, sagen Sie ›Hallo‹«, forderte Bilson in lockerem Plauderton. »Das ist Lieutenant Campbell.«

»Nennen Sie mich Jarod«, bot dieser an und lächelte.

»Runter von meinem Boot«, bellte Abbott barsch.

»Also, kommen Sie, Roy«, beschwichtigte Bilson in väterlichem Tonfall. »Behandelt man so 'nen neuen Kollegen?«

»Sir . . . Sie haben kaum noch Vorräte, und es sieht aus, als würde da unten Wasser eindringen«, sagte Jarod nach einem kurzen Blick in die Kabine. »Nun, wir können Sie in den Hafen schleppen, und dann können Sie auch gleich einkaufen.«

»Ich brauche nichts von dort«, raunzte Abbott. »Mir geht es hier gut.«

»Mr. Abbott, der Commander ist da anderer Ansicht«, widersprach Bilson. »Wenn Sie nicht innerhalb einer

Woche an Land gehen, sind wir befugt, Sie hinzuschleppen.«

»Es ist nur zu Ihrem Besten, Mr. Abbott«, beteuerte Jarod, bevor er von Bord ging.

7. *KAPITEL*

Falsche Hundehaufen

Abends stand Jarod in seinem Zimmer vor einer Staffelei. Darauf hatte er eine große, weiße Leinwand gestellt. Mit Ölfarbe malte er in großzügigen Strichen ein Auge.

Gleichzeitig telefonierte er. Er rief Sydney im *Center* an.

Sydneys Büro lag im untersten Level des *Centers*. In diesem Geschoß hatten alle wichtigen Mitarbeiter des *Centers* ihre Arbeitsplätze. »Machtzentren« wurden sie gewöhnlich genannt.

Sydney trat an seinen Schreibtisch, als das Telefon klingelte, und nahm den Hörer ab.

»Sydney?« sagte Jarod am anderen Ende der Leitung. »Heh, ich bin überrascht, daß du nicht auf Etage fünfzehn deine Runde drehst.«

»Sogar Psychiater brauchen mal einen freien Tag«, antwortete Sydney und gab einem Kollegen ein Zeichen, das Gespräch zurückzuverfolgen. Der huschte daraufhin lautlos aus dem Büro.

»Und ich hab' immer geglaubt, dein Interesse an mir ist rein väterlicher Natur«, flachste Jarod weiter.

»Ich verstehe ja, daß du schwimmen lernen wolltest, aber bist du nicht etwas zu alt für Quietsch-Entchen in der Badewanne?« Sydney spielte auf die Badewanne im Y.M.C.A. an.

»Das ist sicher besser als die Art Spiele, die du mir aufgedrängt hast«, warf Jarod ihm vor. »Es ist merkwürdig. Ich kann ihre Gesichter nicht sehen . . ., nur ihre Augen . . . und sie hören nicht auf, mich anzustarren.«

»Wessen Augen, Jarod?« wollte Sydney wissen und schaute zur Tür.

Miss Parker trat ein. Sydney deutete auf das schnurlose Telefon neben dem Schreibtisch. Miss Parker hielt den Hörer ans Ohr und konnte das Gespräch so mitverfolgen.

»Ich weiß nicht.« Jarod betrachtete nachdenklich das große Auge, das er auf die Leinwand gemalt hatte. Dann malte er ein Augenpaar auf die Farbpalette und verschmierte dessen Konturen gleich wieder.

»Tote Augen. Augen von Menschen, die nicht mehr leben, weil ihr meine Simulationen mißbraucht habt.«

»Und das willst du jetzt wiedergutmachen, indem du deine Fähigkeiten als Racheengel einsetzt, ist es das?« vermutete Sydney.

»So in der Art«, gab Jarod zu.

»Warum rufst du dann an?« Sydneys Hände zitterten vor Anspannung.

»Ich will wissen, ob Jarod mein richtiger Name ist«, drängte der Jüngere.

»Ich glaube schon . . .«, antwortete Sydney verunsichert. »Jedenfalls hat man mir das gesagt.«

»Danke, Sydney.« Jarod erkannte, daß Sydney ihm keine brauchbaren Informationen geben konnte – oder wollte.

»Leg nicht auf!« bat er. »Ich mache mir Sorgen um dich.«

»Wenn du dir Sorgen um mich machst, wieso schaltest du dann nicht die Behörden ein?« fragte Jarod bitter.

»Du weißt, daß ich das nicht tun kann, Jarod«, verteidigte sich Sydney.

»Warum?« bohrte Jarod weiter. »Weil du mich liebst, ja? Oder weil du Angst vor dem hast, was ich weiß?«

»Jarod, wenn den falschen Leuten zu Ohren kommt, was sich in deinem Besitz befindet, dann hab' ich keine Möglichkeit mehr, dich zu schützen«, behauptete Sydney.

»Wenn die das herausfinden, dann werdet ihr nicht mal mehr euch selbst schützen können«, zischte Jarod verächtlich.

»Diese Disketten beinhalten meine Arbeit«, erklärte Sydney.

»Nein, Sydney«, widersprach Jarod. »Sie beinhalten mein Leben. Auf Wiederhören.«

Damit legte er auf.

Sydney wechselte einen besorgten Blick mit Miss Parker.

»Wir haben Ihr Genie«, lächelte sie. Sydney hatte Jarod lang genug hingehalten, so daß sie seinen Anruf zurückverfolgen konnten.

Am nächsten Vormittag hatte Jarod frei. Er nutzte jede Sekunde, um all die Wunder zu entdecken, die ihm während seiner Gefangenschaft als Versuchskaninchen im *Center* vorenthalten worden waren.

Die Sonne stand zwar noch nicht hoch am Himmel,

verbreitete aber schon eine Mordshitze, wie es sich für ein Badeparadies geziemte. Am endlosen Sandstrand brachen sich sanft die Wellen. Überall lagen Menschen wie gestrandete Thunfische im Sand und sonnten sich.

Jarod schlenderte über den Bürgersteig oberhalb des Strandes, wo allerlei kleine Souvenirbuden und andere Geschäfte standen. Besonders der Laden eines Scherzartikelhändlers fesselte Jarods Interesse. Hier gab es die ungewöhnlichsten Dinge zu kaufen. Beispielsweise künstliche Hundehaufen.

»Das ist ja sehr interessant.« Jarod beäugte ein ganzes Sortiment verschiedenfarbiger Gummi-Hundehaufen auf dem Ladentisch von allen Seiten. »Es gibt tatsächlich Leute, die Imitationen von Hundefäkalien fertigen?«

»Ja«, bestätigte der korpulente Verkäufer, wobei er sich auf eine riesige, giftgrüne Plastikschere stützte. »Das Wort ist nur zu lang. Deshalb nennen sie's einfach Hundehaufen.«

»Oh.« Jarod verstand. »Und wieso kaufen Leute künstliche Hundehaufen?«

»Weil es witzig ist«, antwortete der Verkäufer und warf Jarod einen Blick zu, als hätte er einen Vollidioten vor sich.

»Oh!« Jarod kam aus dem Staunen nicht mehr heraus. Er drückte auf die Hundehaufen. Wirklich Gummi. »Es ist witzig.«

Der Verkäufer starrte Jarod an, als käme der geradewegs vom Mars.

Kimberly King lenkte Jarods Aufmerksamkeit von den Hundehaufen ab. Das Mädchen war etwa acht Jahre und schlank. Ihre langen, blonden Haare trug sie zu einem Zopf zusammengeflochten. Kimberly stand an einem Blumenstand und kaufte einen kleinen Strauß.

»Sie brauchen ihn nicht einzupacken«, sagte Kimberly zu der Verkäuferin und nahm die Blumen so. Sie lief zu ihrer Mutter hinüber und gab ihr die Blumen.

»Ich hab' die weißen gekauft, Mami«, sagte sie. »Die mag er am liebsten.«

»Ja«, antwortete Meg King. Sie war Anfang Dreißig, sah aber jünger aus. Das rötliche Haar fiel ihr in dicken Locken über die zierlichen Schultern. Meg gab Kimberly einen Kuß, nahm die Blumen und ging mit ihrer Tochter weiter.

Jarod folgte ihnen zu einem kleinen Friedhof. Dort blieben sie vor dem Grab von Tom King stehen und stellten die Blumen in eine kleine Vase.

Jarod zog ein rotes Notizbuch hervor, das er immer bei sich hatte, und blätterte darin. Auf mehreren Seiten hatte er Zeitungsausschnitte geklebt, die Fotos von Meg und Kimberly zeigten. Die Ausschnitte trugen Überschriften wie: »MANN IM MEER VERSCHOLLEN«, »FRAU SPRACHLOS VOR HOFFNUNGSLOSIGKEIT – WIE DIE KÜSTENWACHE«, und: »WÄHREND DES DIENSTES ERTRUNKEN«

Der letzte Zeitungsausschnitt zeigte ein Foto von Tom King. Er trug die Uniform der Küstenwache. Tom King war ein gutaussehender Mann Mitte Vierzig. Und Jarod empfand den Schmerz über seinen Verlust nach, der Meg und Kimberly immer noch quälte.

Miss Parker, Sydney und ein halbes Dutzend Center-Agenten stiegen lautlos die Treppe eines betagten Y.M.C.A. hinauf. Broots hatte Jarods letzten Anruf hierher zurückverfolgt. Vor einer geschlossenen Tür blieben sie stehen. Miss Parker gab den Agenten ein Zeichen.

Die Tür wurde aufgebrochen, und sie stürmten in das Studentenzimmer. Die Agenten agierten blitzschnell. Zwei sicherten die Flanken mit ihren Pistolen ab. Der dritte hechtete zum gegenüberliegenden Fenster. Dort stand Yago mit dem Rücken zu ihnen und bewunderte ahnungslos die Aussicht.

Ehe Yago sich versah, umschlossen ihn zwei schraubstockartige Arme und rissen ihn herum. Miss Parker, Sydney und die übrigen Agenten scharten sich um den schlaksigen Studenten mit dem wirren Haar und dem schrillen Hawaiihemd. In Yagos Augen flackerte stumme Panik.

»He, he, he, ich hab' nichts getan«, stotterte er kreidebleich. »Ich hab' nichts getan!«

Die Agenten setzten Yago unsanft auf einen Stuhl.

»Was ist?« begann Miss Parker das Verhör. »Was machen Sie in diesem Zimmer?«

»Ich bin hier nicht eingebrochen«, beteuerte Yago verzweifelt. »Nein, der Kerl hat mir das Zimmer überlassen.«

»Ist das der Mann?« Sydney hielt Yago ein Foto von Jarod vor die Nase.

»Ja, das ist er«, bestätigte Yago aufgeregt. »Der Typ dirigiert die Philharmoniker. Und er hat die Miete für mich bezahlt, nur, damit ich die Anrufe weiterleite.«

Yago deutete mit dem Kopf zum Tisch, wo mehrere Telefonhörer per Modem an einen Computer angeschlossen waren.

»Und wollen Sie noch was wissen?« fuhr er fort. »Er hat gesagt, er reist gerne.«

Miss Parker starrte immer noch wie betäubt auf die Telefonanlage. Als ihr Blick zu Sydney wanderte, sah sie, daß der anerkennend schmunzelte.

»Halten Sie ja den Mund, Sydney!« fuhr Miss Parker ihn an, obwohl Sydney kein Wort gesagt hatte.

Jarod schob nachmittags Patrouillendienst bei der Küstenwache. Er fuhr alleine zu Abbott hinaus, dessen Boot unverändert vor Anker lag.

Neben dem Steuerruder spielte ein Plattenspieler wieder Wagners »Fliegenden Holländer«. Die Platte war bereits so verkratzt und abgenutzt, daß sie noch trauriger klang.

»Hallo, Mr. Abbott«, grüßte Jarod. Er legte neben Abbott an, blieb aber auf seinem Boot.

»Was wollen Sie hier?« fragte Abbott unwirsch.

»Ich weiß es selbst nicht«, antwortete Jarod. »Ich kam zufällig hier vorbei. Bitte an Bord kommen zu dürfen.«

»Gewährt«, erwiderte Abbott widerwillig und stellte den Plattenspieler ab.

»Magdalene ist 'n hübsches Mädchen«, meinte Jarod, als er das Deck betrat.

»Woher kennen Sie Magdalene?« wunderte sich Abbott und griff automatisch nach dem Foto der Frau, das auf der Ruderbank stand.

»Ich rede von Ihrem Boot«, klärte Jarod das Mißverständnis auf. »Ist das Ihre Frau?«

»Hätt' sie sein können«, seufzte Abbott und betrachtete schwermütig das Foto und stellte es wieder hin. »Wäre es vermutlich geworden. Aber ich hab' sie nie gefragt.«

»Glauben Sie, der ›Holländer‹ hat seine verlorene

Liebe je gefunden?« Jarod setzte sich auf die Bank am Heck.

»Was?« Abbott hatte auf einem Stuhl Platz genommen und schnitzte an einem Holzstück herum.

»Die Oper, die Sie gerade gehört haben«, erklärte Jarod. »Wagners ›Fliegender Holländer‹. Das war doch die Geschichte. Ich hab mich immer gefragt, ob er seine Liebe je gefunden hat . . ., oder ob er den Rest seiner Tage auf dem Geisterschiff rumgedümpelt ist.«

»Ich hab' nie darüber nachgedacht«, gestand Abbott.

»Ist nicht leicht, nicht zu wissen, ob jemand, den man liebt, noch da draußen ist.« Jarod ließ seinen Blick über das Meer gleiten.

»Ich fahr' mit meinem Boot nicht weg.« Abbott vermutete, daß Jarods Besuch darauf hinauslief.

»Ich hab' Sie nicht dazu aufgefordert«, entgegnete sein Gast ruhig.

»Ist das nicht Ihr Job, wenn Sie die Uniform tragen?« wunderte sich Abbott.

»Ich hab' die Uniform nur ausgeliehen«, sagte Jarod wahrheitsgemäß, stand auf und deutete auf einen Karton mit Lebensmitteln, der auf seinem Boot stand. »Ich hab 'n paar Vorräte aus der Stadt mitgebracht. Ich würde sie gegen das Kästchen tauschen, das sie geschnitzt haben.«

»Bringen Sie beim nächstenmal ein paar Kerzen mit«, antwortete Abbott sichtlich verstört. »Dann gilt der Handel.«

»Geht klar.« Jarod wollte zurück zu seinem Boot. An der Reling stutzte er und drehte sich noch einmal zu Abbott um. »Haben Sie jemals Mozart gehört, Mr. Abbott? Die Zauberflöte?«

»Das hier gefällt mir.« Abbott deutete mit dem Kinn Richtung Plattenspieler. »Mehr brauch' ich nicht.«

»Ich war noch ein Kind, da durfte ich es mir einmal anhören«, erzählte Jarod. »Ich schloß meine Augen und stellte mir vor, daß ich ein Adler sei. Ich konnte überall hinfliegen. Ich konnte alles tun. Nichts konnte mich aufhalten. Vielleicht wußte Mozart etwas, von dem Wagner nichts wußte.«

»Mein Boot bleibt hier!« murrte Abbott trotzig. Aber entgegen seiner Vermutung machte Jarod keinen Versuch, ihn von der Notwendigkeit des Gegenteils zu überzeugen. Er lächelte nur, lud die Lebensmittel auf Abbotts Boot und fuhr wieder davon.

Am späten Nachmittag unternahm Jarod noch einen Patrouillenflug mit Martha. Unterwegs studierte er unentwegt Seekarten und verglich die Daten mit Eintragungen in den Büchern. Er war so in seine Arbeit vertieft, daß er die Landung am Stützpunkt gar nicht bemerkte.

»Lieutenant Campbell«, sagte Martha streng, »auch auf Routineflügen erwarte ich eine gewisse Aufmerksamkeit. Das hier ist ein Helikopter und keine Bücherei.«

»Ich versuche mich über die Suchmuster an der Westküste zu orientieren«, antwortete Jarod und lächelte entschuldigend. »Ich sag' Ihnen was: Wenn Sie mir Auskunft zu ein paar alten Rettungseinsätzen geben, lad ich Sie zum Essen ein.«

»Solange es kein Sushi ist.« Martha schnallte die Sicherheitsgurte ab und stieg aus dem Hubschrauber.

»Abgemacht.« Jarod folgte ihr. Er war mit zusammengerollten Seekarten und Navigationsbüchern bepackt. »Ich will nicht, daß Commander Powell mich bei der Beförderung übergeht, weil ich ein ›Süßwasser-Matrose‹ bin.«

»Warten Sie mal!« Martha blieb schlagartig stehen und fuhr herum. »Sie sind gerade drei Tage hier und werden schon befördert?«

Jarod setzte sein entwaffnendes Lächeln auf.

»Na, phantastisch!« Martha gestikulierte fassungslos und ging weiter. »Das hat mir gerade noch gefehlt! Noch 'n Kerl, der sich mit Ellbogen die Leiter raufkämpft.«

»Wann ist es bei Ihnen soweit?« rief Jarod ihr hinterher.

»Ich war schon vor Monaten fällig«, rief sie zurück. »Aber Commander Powell stellt mich immer wieder zurück.«

Jarod lächelte. »Verschweigen Sie ihm deswegen Ihr Baby?«

Martha drehte sich langsam um, stellte sich breitbeinig vor Jarod und stemmte die Hände in ihre Hüften. Sie war platt.

»Nach der Übelkeit zu urteilen und den Rückenschmerzen müßten Sie etwa in der neunten Woche sein«, vermutete Jarod.

»Was . . .?« stotterte sie. »Nicht mal mein Mann weiß etwas davon. Was sind Sie? 'n Hobby-Geburtshelfer?«

»Nein, ich mußte mal Hebamme spielen«, antwortete Jarod. »Sie haben's dem Commander noch nicht gesagt, oder?«

»Meine Güte!« erschrak Martha. »Nein! Wenn Powell

oder sonstwer davon erfährt, kann ich die Beförderung gleich an den Nagel hängen.«

»Ihr Geheimnis ist bei mir sicher«, versprach Jarod.

Das Center
Technisches Zentrum
Fünftes Untergeschoß

Broots Abteilung war ein technologisches Märchenland. Alle Geräte hier waren auf dem neuesten Stand, jeder noch so kleine Rechner vom Feinsten. Alles war perfekt durchorganisiert. Überall wuselten Wissenschaftler in langen, weißen Kitteln umher.

Broots selbst war so etwas wie ein elektronisches Wunderkind. Obwohl er gerade Anfang Vierzig war, hatte er bereits eine Halbglatze. Und wie alle Wunderkinder war Broots auch ein wenig exentrisch. Im Gegensatz zu seinen Mitarbeitern trug er unter dem aus der Hose hängenden, zerknitterten Hemd ein einfaches T-Shirt. Er hatte es sich angewöhnt, mit einem Fahrrad durch die Korridore seiner Abteilung zu fahren. Im Augenblick schob er das Rad neben sich her und blinzelte Miss Parker durch seine fingerdicken Brillengläser an.

»Nun, Broots?« Miss Parker bedachte das Genie mit einem mißbilligenden Blick. »Was ist passiert?«

»Ich hab' den Anruf über das andere Telefon zurückverfolgt«, erklärte er. »Ich weiß nur, daß es 'ne internationale Leitung ist. Ich wußte bisher nicht mal, daß das überhaupt möglich ist.«

In Broots Stimme schwang kaum verhohlene Bewunderung für Jarods technische Meisterleistung mit.

»Wie lange brauchen Sie dafür?« fragte Miss Parker ungeduldig.

»Schwer zu sagen.« Broots runzelte nachdenklich die Stirn. »Ich meine, Jarods Methode ist so einfach, so simpel, aber ich brauch' trotzdem etwa vierundzwanzig Stunden.«

»Ich geb' Ihnen zwölf!« zischte Miss Parker böse und ließ das verdutzte Genie stehen.

Jarod stand mit Martha am Pier und zeigte ihr, weshalb er bei der Küstenwache war. Wortlos legte er die Akte von Tom King auf einen Holztisch.

»Die King-Akte«, keuchte Martha nervös. »Da haben Sie sich aber einen heiklen Fall ausgesucht. Den schwierigsten überhaupt, würde ich sagen. Heh, reden Sie darüber mit Bilson. Das war sein Fall.«

»Wieso das?« fragte Jarod verwundert.

»Na ja, es passierte auf seiner routinemäßigen Patrouille«, erzählte Martha. »Deshalb war auch Bilson zuständig. Es war ein schlimmer Fall. Keiner konnte genau sagen, wieso Kings Boot gesunken ist. Es wurde nie gefunden ... Etwas an der Sache war besonders traurig. Der Leichenbeschauer sagte, Tom King wäre mehr als einen Tag auf der Stelle geschwommen, bevor er ertrunken ist. Für ein ›S.A.R‹-Team, das keinen Erfolg hatte, ist so 'ne Nachricht besonders schmerzlich.«

»Nun, der Bericht sagt aus, daß die Suchmuster auf Strömungsinformationen basieren, die die Richtbojen vor Ort lieferten«, sagte Jarod.

»Ja«, bestätigte Martha. »Ich habe sie dort selbst ausgesetzt.«

»Pilchers Point.« Jarod kannte die Stelle.

»Ja, in dieses Gebiet fuhr King bekanntermaßen zum Fischen«, antwortete sie.

»Und Bilson hat den Meeresboden absuchen lassen?« fragte Jarod. »Südöstlich von diesem Punkt?«

»Das ist die übliche Vorgehensweise«, erwiderte sie überrascht. »Sie haben sich genau informiert. Was hat das zu bedeuten?«

»Laut Satelliten-Aufzeichnungen wiesen die Indikationsbojen auf eine südwestliche Strömung hin«, beantwortete Jarod die Frage.

Aber es blieben noch so viele offen.

8. KAPITEL

Das Geheimnis der Schokokeks

Jarod saß abends am Kai, schaute zum Pier hinaus und knabberte gedankenverloren an einem Schokoladenplätzchen.

»Sie machen das falsch«, sagte plötzlich eine Mädchenstimme hinter ihm.

Es war Kimberly King. Jarod starrte sie sprachlos an.

»Haben Sie als Kind nie Kekse gegessen?«

Kimberly warf einen Blick zum Himmel, als erwarte sie göttlichen Beistand für Jarod.

»Wo ich aufgewachsen bin, gab's keine Kekse«, antwortete Jarod und setzte sich auf eine Bank.

»Wo war denn das?« wollte Kimberly wissen. »Auf dem Mars?«

»So ähnlich«, erwiderte Jarod und grinste.

Kimberly nahm einen Keks aus der Packung und hielt ihn hoch wie etwas sehr Bedeutsames. »Zuerst drehen sie den Keks so, und dann haben Sie zwei Hälften.« Kimberly weihte Jarod in die hohe Kunst des Plätzchenessens ein. Sie nahm die beiden Schokodekkel ab und hielt sie demonstrativ hoch. »Und dann können Sie die weiße Creme aufessen. Also, ich mach' das mit den Zähnen, aber man kann es auch ablekken.«

Kimberly leckte die weiße Creme von den Schokodeckeln.

»Was mach' ich mit den braunen Teilen?« fragte Jarod interessierte.

»Die Erwachsenen legen Sie oben auf ihr Eis drauf«, antwortete Kimberly fachmännisch.

»Wieso kauft man nicht nur das weiße Zeug?« bohrte Jarod weiter, während er die weiße Creme ablutschte.

»Dann würd's keinen Spaß machen.« Kimberly zuckte gleichgültig mit den Schultern und setzte sich neben Jarod.

»Deine Ma arbeitet hart«, sagte er und sah, daß das kleine Mädchen ihn genau beobachtete. Wie eine Schildkröte, die sich lange in ihrem Panzer eingeschlossen hatte und jetzt vorsichtig den Kopf herauszog.

»Seit mein Dad tot ist, tut sie nichts anderes.« Sie fühlte sich verlassen, sehr klein und war ganz krank vor Kummer, denn sie mußte immer wieder an ihren Vater denken. »Er ist bei St. Andrew, dem Schutzpatron der Fischer. Ich hatte für Dad eine kleine Statue in der Kirche besorgt. Sie war auf seinem Boot, aber sie haben sie nie gefunden.«

»Ist schwer, ein Elternteil zu verlieren«, sagte Jarod. Ihm hatte man sogar beide Eltern gestohlen. »Ich weiß es. Was ist für dich dabei das schlimmste?«

»Daß Ma nicht mehr lächelt«, antwortete Kimberly.

Jarod saß bis spät in die Nacht in seinem winzigen, dunklen Zimmer. Er legte eine der Disketten, die er bei seiner Flucht aus dem *Center* geschmuggelt hatte, in den DSR-Player und korrigierte noch einmal die Trackingspur. Auf dem Monitor erschien ein Experiment aus den späten sechziger Jahren.

Er saß als kleiner Junge im Testraum des *Centers* in einer engen, harten Plastikkugel. Er hatte völlig die Orientierung verloren und kein Gefühl mehr für oben und unten. Jarod trieb in einer Art schwerelosem Zustand dahin.

Die Plastikkugel war durchsichtig, so daß Jarod Sydney und Sydney ihn sehen konnte. Sydney stand draußen und gab ihm Anweisungen. Jarod simulierte den Weltraumflug mit einer Raumkapsel, die außer Kontrolle geraten war. Zeitgleich kämpften im Weltraum zwischen Erde und Mond die Astronauten einer Apollomission um ihr Leben. Die Steuerdüsen waren ausgefallen, und die Korrekturdüsen waren nicht stark genug, um den Kurs Richtung Erde zu ändern. Wenn kein Wunder geschah, trieben die Astronauten in der Unendlichkeit des Weltraums dem sicheren Tod entgegen.

»Ich weiß nicht, wie ich's schaffen soll«, keuchte Jarod.

»Du mußt«, drängte Sydney.

Jarod simulierte eine Gegensteuerung. Doch die Kapsel geriet ins Flachtrudeln um ihr Gravitationszentrum und drehte sich wie eine Spielzeugwindmühle.

»Wie lange reicht der Sauerstoff noch?« wollte Jarod wissen.

»Nicht einmal achtundvierzig Stunden«, antwortete Sydney.

»Was hat die Explosion verursacht?« hakte Jarod nach.

»Das wissen wir nicht«, erwiderte Sydney.

Eine Serie Kurzschlüsse hatte die elektronischen Systeme der Kapsel lahmgelegt.

»Treibstoff?« Jarod simulierte einen Bordcheck und resignierte. »Es gibt hier keinen Ausweg.«

»Es ist deine Aufgabe, sie zu retten«, forderte Sydney streng.

»Nein, versteh doch, ich schaff' es nicht«, jammerte Jarod verzweifelt.

»Wenn du jetzt aufgibst, sterbt ihr alle«, warf Sydney ihm vor. »Komm schon, Jarod! Denk nach!«

So behutsam wie möglich beeinflußte Sydney Jarods Fähigkeiten. Er konnte mit seinen Gedanken reale Dinge simulieren. Manchmal machte es Jarod sogar Spaß, aber es ängstigte ihn auch.

Plötzlich perlte ein Strom klarer Gedanken und Lösungsmöglichkeiten durch Jarods Kopf.

»Heh!« jubelte er. »Warte mal! Warte . . .! Ich hab's! Ich kann die Anziehungskraft des Mondes dazu benutzen, uns auf den Weg zurückzubringen.«

Dafür mußte er den letzten Tropfen Treibstoff der Steuerdüsen benutzen, die Kapsel in die Umlaufbahn des Mondes zu dirigieren. Den Rest erledigten die physikalischen Kräfte.

»Sehr gut, Jarod«, lobte Sydney ihn. »Ich wußte, du kannst sie retten, wenn du nur willst.«

Einige Tage später landete die Apollo-Kapsel sicher auf der Erde. Die Astronauten waren von einer schier hoffnungslosen Weltraumexpedition zurückgekehrt.

Während Jarod die Szene auf dem Monitor verfolgte, beendete er seine jüngste Simulation, an der er bereits mehrere Tage arbeitete.

rechts: Jarod, ein Mann mit geheimnisvollen Kräften und ohne Vergangenheit.

unten links: Wie ein menschliches Chamäleon schlüpft Jarod perfekt in jede Rolle.

unten rechts: Schuldgefühle machen aus Jarod einen Rächer gegen das Unrecht.

oben: Schön wie eine Kobra - und ebenso gefährlich: Miss Parker. Die Jagd auf Jarod wird bei ihr zur Besessenheit.

unten: Jarod auf der Suche nach ungesühnten Verbrechen. Selbst bei der Küstenwache wird er fündig.

rechts: Jarod weiß, Tom Kings Mörder muß er unter den Polizisten der Küstenwache suchen. Kein leichter Job.

unten: Jarod auf Patrouillenflug. Irgendwo tief unter ihnen liegt Tom Kings Boot auf dem Meeresgrund. Es wurde nie gefunden.

links: Martha ahnt nicht, daß ihr neuer Kollege in Wahrheit einen Mord aufklären will.

unten: Martha Poole gibt Jarod wertvolle Tips über Tom Kings mysteriösen Tod.

rechts: Das *Center* raubte Jarod nicht nur die Freiheit, sondern auch seine Kindheit. Deshalb genießt er die Gegenwart von Kindern um so mehr.

unten links: Las Vegas, die Stadt des Glücks, aber auch des Unglücks. Jarod schleust sich als neuer Sicherheitschef ins Marquis-Casino ein.

unten rechts: Jarod trauert am Grab von Maggie Blair. Selbst er konnte sie nicht mehr retten.

Jarods außergewöhnliche Begegnung mit dem King - alias Bernie Baxley.

So nah werden Miss Parker und Sydney ihrem ehemaligen Schützling so schnell nicht wieder kommen - Jarod ist ihnen immer einen Schritt voraus.

oben: Wo konventionelle Polizeiermittlungen an ihre Grenzen stoßen, beginnt für Jarod die Arbeit. Zu viele Verbrechen blieben ungesühnt.
unten: Wie viele Unschuldige sitzen im Gefängnis, während die wahren Täter draußen frei rumlaufen?

oben: Auf seinem rastlosen Weg lernt Jarod viele neue Freunde kennen - zweibeinige und vierbeinige . . .
unten: Für den unschuldig wegen Mordes verurteilten Whittaker gibt es neue Hoffnung, als Jarod seinen Schicksalsweg kreuzt.

»Sie wollten Tom King niemals retten«, murmelte er leise das Ergebnis vor sich hin. »Sie wollten, daß er stirbt.«

Jarod malte bis spät in die Nacht weiter an seinem Bild. Zwischen zwei und drei Uhr griff er zum Telefon.

Miss Parker wurde nur ganz allmählich wach. Vage nahm sie das Schrillen des Telefons auf der Nachtkommode wahr. Sie stöhnte laut und rollte an den Rand des Bettes. Ihre Lider waren verklebt. Sie öffnete sie langsam und tastete nach der Nachttischlampe. Das helle Licht bohrte sich in ihre Augen. Sie stöhnte abermals und nahm den Hörer ab.

»Was?« nuschelte sie mit verschlafener Stimme.

»Oh, ich wecke Sie extra in einer Tiefschlafphase, und alles, was ich höre ist ein lebloses ›Was‹«, sagte Jarod mit gekränkter Stimme.

»Wenn Sie was Geistreiches wollen, lesen Sie Noel Coward.« Miss Parker war schlagartig hellwach und saß aufrecht im Bett. »Wie spät ist es jetzt bei Ihnen?«

»Süß«, kommentierte Jarod den unbeholfenen Versuch, seinen Standort herauszufinden. »Nicht witzig, aber süß.«

»Sie machen neuerdings Privatanrufe«, fuhr Miss Parker sarkastisch fort. »Welche Ehre.«

»Ich hab' wegen meines virtuellen Telefonspiels ein schlechtes Gewissen«, gestand Jarod.

»Wissen Sie, das sollte man wirklich aufzeichnen und auf der Weihnachtsfeier abspielen.« Miss Parkers Stimme troff vor Zynismus. »Sie werden auch da sein ... und sich etwas ausruhen.«

»Ich habe überhaupt sehr wenig Zeit zum Ausruhen.« Jarod lächelte amüsiert.

»Sie brechen mir das Herz«, erwiderte Miss Parker, machte Licht an und zündete sich eine Zigarette an. »Wieso gerade das Y.M.C.A.?«

»Ich hab' im Fernsehen eine Rückschau gesehen . . .«, erzählte Jarod. »Der siebziger Jahre, die ich ja, wie Sie wissen, verpaßt habe. Da war eine Gesangsgruppe, die in einem Lied die Vorzüge des Y.M.C.A lobte. Und da bin ich.«

»Süß«, zitierte Miss Parker Jarods Kommentar. »Nicht witzig . . ., aber süß.«

»Wußten Sie, daß es künstliche Hundehaufen gibt?« schwenkte Jarod auf ein anderes Thema. »Es ist erstaunlich, denn sie wirken unglaublich echt.«

»Wieso erzählen Sie mir das?« wunderte sie sich.

»Nun ja«, erklärte Jarod. »Damit könnte das *Center* doch viel Geld verdienen. Nebenbei gesagt: Ist es nicht eine perfekte Metapher für die Art und Weise, wie Ihr Vater und das *Center* die Wahrheit verdrehen?«

»Und welche Wahrheit ist das, Jarod?« fragte sie spitz.

»Das steht alles in der Nachricht, die ich Ihnen geschickt habe«, antwortete Jarod. »Die Wahrheit über den Grund Ihrer Traurigkeit.«

Am anderen Morgen trat Abbott aus der Kajüte und blinzelte zum funkelnden blauen Wasser. Dann fiel sein Blick auf ein Bündel Kerzen und eine Langspielplatte ›Mozarts Zauberflöte‹, die neben der Ruderbank lagen.

Gleichzeitig heulte ein Motor auf. Abbott sah gerade noch das Boot der Küstenwache davonrasen. Am Steuer erkannte er Jarod.

Abends ging Jarod zur Strandparty, die von der Küstenwache organisiert worden war. Bilson saß am Pier. Der Duft von Grillwürsten durchzog die Luft. Am Himmel wechselte die Farbe von blasser Dämmerung zu tiefschwarzem Blau. Die Lichter zahlreicher Boote, die am Steg ankerten, spiegelten sich im Wasser, während hoch oben unzählige Sterne am klaren Himmel mit ihnen um die Wette leuchteten. Auf der Wiese waren leise Reggae-Musik und das Gelächter der Gäste zu hören.

Schön, dachte Jarod. Aber wenn Tom King noch leben und hier sein würde, wär's noch schöner. Jarods Blick folgte einer dunkelhäutigen Schönheit mit blauen Augen. Ihr krauses, nach hinten gekämmtes Haar reichte ihr fast bis auf die Hüften. Sie trug ein Bikinioberteil und einen bunten, bis zur Taille geschlitzten Rock.

Die Luft war angenehm kühl, aber aus der Erde stieg immer noch die Hitze empor, die der Boden tagsüber gespeichert hatte.

»Ich bezweifle, daß die Jungs in Katima Bay zu dieser Jahreszeit auch am Strand sitzen«, sagte Jarod beiläufig zu Bilson.

»Die frieren sich wahrscheinlich den Hintern ab, während sie irgendwelche Rettungsaktionen durchführen müssen.« Bilson nahm einen tiefen Schluck aus seiner Bierflasche. »Also, mal abgesehen davon, wieso haben Sie die Zelte da abgebrochen?«

»Ich fühlte mich da, wo ich wohnte, irgendwie eingeengt. Also beschloß ich, nach Westen zu ziehen. Zuerst hat's mich auf die Channel Islands verschlagen, aber dann fand ich heraus, daß für mich hier der richtige Ort ist.«

»Das war 'ne gute Entscheidung«, meinte Bilson und stand auf, um sich eine neue Flasche Bier zu holen. »Alle, die hier nichts werden, gehen auf die Channel Islands.«

»Das ist ja witzig«, sagte Jarod und folgte Bilson über die Wiese, auf der getanzt wurde. Sie bahnten sich einen Weg durch die Tänzer zur provisorischen Bar, die zwischen zwei Palmen stand.

»Noch 'n Bier, Sir.« Javi kam ihnen entgegen und reichte Bilson eine neue Flasche.

»Dort sagen sie, die Mannschaft hier sei 'n Haufen Abtrünniger«, fuhr Jarod fort.

»Ist ja die Höhe«, ereiferte sich Javi.

»Die sagen: Jungs, die's nicht mal schaffen, einen Fischer in ihrem Gebiet zu retten, verdienen's nicht, eine Uniform zu tragen«, fuhr Jarod fort.

»Meinen die damit den King-Fall?« fragte Javi.

»Ja, ja, dieser Name ist wohl gefallen.« Jarod tat so, als erinnere er sich nur vage daran. »Ist da was schiefgelaufen?«

»Wissen Sie, es ist erstaunlich, wie Menschen, für die sie ihr Leben riskieren, die Küstenwache im nächsten Augenblick in der Presse durch den Schmutz ziehen.« Bilson runzelte betrübt die Stirn. »Die Ehefrau hat es tief getroffen. Sie gab uns die Schuld. Ihren Kummer verstehe ich. Schätze, sie mußte einem die Schuld geben, um es zu verkraften. Ich versichere Ihnen, daß wir alles getan haben, um ihren Mann zu retten. Ich verspreche Ihnen, wir haben unsere Arbeit getan. Mehr war nicht drin.«

Bilson nahm einen kräftigen Schluck aus der Flasche und stapfte verärgert davon.

Am nächsten Morgen besuchte Jarod die kleine St. Catherine Church der Gemeinde. In dem Gotteshaus war die Luft angenehm kühl. Außer Jarod war nur ein Priester anwesend.

Jarod ging zum Opferstock und zündete eine Kerze an. Aus den Augenwinkeln beobachtete er, wie Javi eintrat.

Javi machte ein Kreuzzeichen, kniete in einer Bank und betete. Obwohl es in der kleinen Kirche ziemlich dunkel war, sah Jarod in Javis Zügen deutlich das schlechte Gewissen. Er konnte förmlich im Gesicht des anderen Lesen. Javis war so tief ins Gebet versunken, daß er Jarod nicht bemerkte, der lautlos die Kirche verließ.

Jarod hatte diesen Vormittag wieder frei. Er fuhr aufs Meer hinaus. Er ankerte an der Stelle, wo er Tom Kings gesunkenes Schiff vermutete. Jarod schlüpfte in einen Taucheranzug und streifte die schweren Sauerstoff-Flaschen und die Taucherbrille über. Zum Schluß hängte er sich noch eine Unterwasserkamera um und sprang ins Meer.

Während er tauchte, kamen ihm Marthas Worte in den Sinn: »Nach Pilchers Point fuhr Tom King bekanntermaßen zum Fischen. Die Strömung verlief in südwestlicher Richtung. Keiner konnte genau sagen, warum Kings Boot gesunken ist. Sie haben es nie gefunden.«

Jarod brauchte nicht lange zu suchen. Zwischen den Klippen lag ein Schnellboot der Küstenwache. Auf dem Armaturenbrett klebte die kleine, weiße Christopherus-Figur, die Kimberly ihrem Vater geschenkt hatte. Jarod brach die Figur ab und steckte sie ein. Dann machte er einige Fotos von dem Boot und mehrere Detailaufnahmen von dem großen Leck am Bug.

Jarod kehrte zur Basis zurück und trat seinen Dienst an. Nach Feierabend kehrte er noch einmal zurück. Vorsichtig schlich er zu dem modernen Einsatzboot. Mit einem Spachtel kratze er eine Handbreit Farbe am Bug ab. Darunter wurden blaue Kratzspuren sichtbar, die jemand übertüncht hatte. Es war die gleiche blaue Farbe, mit der Tom Kings Boot angestrichen war.

Miss Parker fühlte sich den ganzen Tag unausgeschlafen und zerschlagen. Sie wartete in ihrem Büro auf eine Nachricht von Broots. Sie ging an dem Tisch vorbei, auf dem die Papierpüppchen lagen, die Jarod ausgeschnitten hatte. Vor der Kommode blieb sie stehen und nahm ein gerahmtes Foto in die Hand. Darauf war sie als kleines Kind zusammen mit ihrer Mutter abgebildet. Das Foto war alt und schon etwas verblichen. Miss Parker betrachtete das Bild lange. Ihre Mutter lächelte darauf, aber ihre Augen waren so tot, wie sie jetzt war.

Das Handy klingelte und riß Miss Parker aus ihren Gedanken. Sydney rief an und bat sie in die technische Abteilung.

Sydney und Miss Parker trafen gleichzeitig im Labor ein. Broots saß vor einem Computer und winkte die beiden zu sich. Auf dem Monitor drehte sich eine dreidimensionale Grafik der Erde.

»Es war nicht einfach, aber ich muß zugeben, es hat Spaß gemacht, Jarods Gedanken nachzuvollziehen«, sagte Broots. »Er ist ein verdammt cleverer Bursche.«

»Er ist Siegfried und Roy in einer Person«, zischte

Miss Parker. »Zeigen Sie mir, was Sie rausgefunden haben.«

Broots drückte einige Tasten auf der Konsole und das Bild auf dem Monitor veränderte sich. Hunderte von kleinen Lichtern blinkten auf der Weltgrafik auf.

»Wir haben den Anruf zurückverfolgt, von dem wir dachten, er käme aus Jarods Zimmer in diesem Y.M.C.A.«, erklärte Broots. »Jarod hat hundertdreiundsiebzig internationale Anschlüsse miteinander verbunden, aber man konnte sie nicht zurückverfolgen. Denn statt der Weiterschaltung, die bei einem einzigen Anruf ausgelöst wird, wurden zu jedem der hundertdreiundsiebzig Anschlüsse die Anrufe einzeln weitergeleitet.«

»Raffiniert!« Sydney schmunzelte nicht ohne Stolz auf seinen Schüler.

»Jarod hat mir einen Haufen Arbeit gemacht . . . und auch hohe Kosten verursacht«, fuhr Broots fort.

»Es ist mir egal, was es kostet«, erwiderte Miss Parker scharf.

»O gut, prima, Miss.« Broots drehte sich zu ihr um und schenkte ihr ein breites Grinsen. »Denn Jarod hat Ihren Anschluß damit belastet.«

»Wo ist er?« Miss Parker war äußerlich die Ruhe in Person. Innerlich kochte sie. Am liebsten wäre sie schreiend und stampfend durch den Kontrollraum marschiert.

»Oh, da, wo wir ihn am wenigsten vermutet hätten. In Zimmer drei«, antwortete Broots.

»In demselben Y.M.C.A.!!?« Miss Parker klappte die Kinnlade herunter.

»Ja«, bestätigte Broots. »Direkt im Nebenzimmer.«

Jarod saß zur selben Zeit in dem betreffenden Zimmer. Er testete die Schokoplätzchen genau wie Kimberly es ihm gezeigt hatte und kam sich allmählich schon wie ein Profi vor. Vor ihm erwachte sein Laptop zum Leben. Auf dem Flüssigkeitskristall-Display erschienen eine Seekarte, persönliche Daten von Tom King und Fotos von seinem Boot. Während Jarod die Bilder betrachtete, startete er eine neue Simulation. Gleichzeitig hackte er sich in Javis Datenbank ein.

Während Jarod auf das Ergebnis wartete, griff er nach der Coladose, um einen Schluck zu nehmen. Als er sie öffnete, sprang ihm eine schwarze Papierschlange entgegen. Jarod erkannte, daß es ebenfalls ein Scherzartikel war, so wie der falsche Hundehaufen. Die Dinge sind nicht immer das, was sie scheinen, dachte er.

Auf dem Bildschirm erschienen die gewünschten Daten. Jarods Gesicht versteinerte sich. Er hatte genau ins Schwarze getroffen . . .

St. Catherine Church

Wie jeden Morgen ging Javi auch an diesem Tag vor Dienstantritt zu einem stillen Gebet in die Kirche. Neben dem Opferstock entdeckte er einen Geldschein. Hundert Dollar lagen auf der Erde. Javi bückte sich, aber Jarod war schneller. Er trat hinter dem Opferstock hervor und ließ den Geldschein an einem unsichtbaren Gummiband hochschnellen.

»Haha!« Jarod grinste breit und hielt Javi den falschen

Geldschein vors Gesicht. »Reingelegt. Das habe ich aus einem Scherzartikelladen am Pier.«

»Ja, ist komisch«, meinte Javi wenig amüsiert. »Wirklich!«

»Gerade, wenn du denkst, es ist dein Glückstag, stellst du fest, er ist es nicht«, ergänzte Jarod philosophisch.

»Was machen Sie hier?« wollte Javi wissen.

»Das gleiche wie Sie«, antwortete Jarod. »Ich suche nach etwas Ruhe und Frieden. Und eine Antwort darauf, warum sie ihren Vater nie wiedersehen wird.«

Damit zog er eine alte Zeitung hervor und zeigte Javi das Titelblatt mit dem Foto von Meg King und Kimberly.

»Wer zum Henker sind Sie?« Javi zuckte zurück und starrte Jarod an wie einen Geist.

»Das weiß ich nicht so genau«, erwiderte dieser wahrheitsgemäß. »Aber letzte Nacht bin ich Sie gewesen, und mir wurde klar, wieso Sie so oft hier sind. Warum Sie sich schuldig fühlen und wieso Bilson und Sie das Leben ihres Vaters nicht gerettet haben.«

»Wir haben zwei Tage nach ihm gesucht.« Javis Blick tanzte nervös umher.

»Aber Sie haben dafür gesorgt, daß in einem Gebiet gesucht wurde, wo man ihn nie finden würde«, sagte Jarod gelassen. »Sie konnten es sich nicht leisten, daß er lebend gefunden wird, nicht wahr?«

»Sie wissen doch nicht, wovon Sie reden!« Javi ging wie ein eingesperrter Tiger hin und her.

»Ich weiß, daß Sie und Bilson jeden Dienstag abend im Südsektor auf Patrouille gefahren sind«, fuhr Jarod fort. »Und daß Sie jeden Mittwoch nachmittag eine größere Summe auf Ihr privates Konto in Colorado eingezahlt haben. Also, was für eine Art Schmugglergeschäft war das?«

»Sie sind verrückt!« Javi schritt langsam durch das Kirchenschiff. Jarod folgte ihm.

»Ja, bin ich das?« Jarod zeigte ihm ein Foto von Kings Wrack, das er auf dem Meeresgrund gemacht hatte. »Die Farbe am Rumpf . . ., sie wird mit der des Bootes übereinstimmen, das Sie und Bilson in der Nacht benutzt haben, als King unterging. Sie können jetzt überall auf der Welt nach Erlösung suchen. Doch finden werden Sie sie nur in der Wahrheit, vor der sie davonlaufen.«

Jarod und Javi verließen die Kirche. Sie gingen eine Treppe hinab, die auf den kleinen Friedhof führte.

»Bilson und ich treffen uns jeden Dienstag abend mit einem mexikanischen Schlepper namens Santa Marca«, gestand Javi. »Es sind irgendwelche Waren an Bord. Ich glaube, es sind Diamanten, aber sicher bin ich nicht. Wir werden nur als Boten bezahlt. Ich weiß nicht, wieso wir mit seinem Boot kollidiert sind. Ich mein', es war neblig. Ich habe ihn nicht gesehen. Aber wir haben es genau in der Mitte durchtrennt. Und dann . . ., dann habe ich ihn gesucht . . . und im Wasser entdeckt.«

»Er war noch am Leben«, unterbrach Jarod ihn.

»Ja . . .!« Javi atmete tief durch. »Er hat zu mir aufgesehen, und alles, was ich denken konnte, war, wie klein doch die Welt ist. Ich hatte ihn öfter mit seiner Tochter und seiner Frau in der Kirche gesehen, und ich glaube, er hat mich auch wiedererkannt. Dann hat er mir seine Hand gereicht, und ich habe versucht, ihn an Bord zu ziehen. Aber Bilson hat's verboten. Er hielt 'ne Knarre an meine Schläfe und befahl mir, ihn loszulassen . . .«

». . . und erklärte daß Sie, wenn Sie ihn retten würden . . .«, ergänzte Jarod dank seiner Erkenntnisse, die er durch die letzte Simulation gewonnen hatte.

». . . daß ich in den Knast wandere«, beendete Javi den Satz, setzte sich am Fuß der Treppe auf eine niedrige Mauerbrüstung und schluckte hart. »Ich würde ohne zu zögern ins Gefängnis gehen, wenn ich damit dieser Hölle entkommen könnte.«

Jarod wandte den Blick ab. Er schaute in einer Sekunde des Gedenkens zu Tom Kings Grab. Kimberlys weiße Blumen darauf begannen schon zu welken.

9. *KAPITEL*

Tränen der Vergangenheit

Jarod arbeitete abends weiter an seinem Gemälde. Zwischendurch steckte er Infomaterial über Tom King in einen Umschlag und adressierte ihn an Commander Powell. Dann malte er weiter und telefonierte gleichzeitig.

»He, könnten Sie mir einen Gefallen tun?« fragte er in den Hörer.

Am Morgen hantierte Jarod mit Werkzeug in dem altersschwachen Schnellboot der Küstenwache. Er manipulierte den Motor so, daß er nach einigen Seemeilen endgültig den Geist aufgeben würde.

Nach Feierabend arbeitete er wieder bis spät in die Nacht an dem Gemälde. Um Mitternacht war es fertig. Mit dem Pinsel brachte er rechts unten noch die Signatur an. Nachdem die Farbe trocken war, packte er das Bild in braunes Packpapier und adressierte es an Miss Parker.

Am folgenden Morgen trat Jarod seinen Dienst bei der Küstenwache an, obwohl er heute eigentlich frei hatte. Auf dem Pier traf er Bilson, der eine zusammengerollte Seekarte und das Logbuch unter dem Arm trug. Bilson war auf dem Weg zum Einsatzboot, um die erste Patrouille zu fahren.

»Tut mir leid, ich bin spät dran, Sir«, meldete sich Jarod atemlos.

»Spät wofür?« Bilson starrte Jarod verwundert an.

»Die Patrouillenfahrt«, antwortete Jarod und blieb am Pier stehen. »Hab' erst heute früh telefonisch erfahren, daß ich mit Ihnen fahre.«

»Mit mir?« stotterte Bilson leicht bestürzt. »Wo steckt Jav?«

»Ich weiß nicht, Sir«, antwortete Jarod und lächelte verlegen. »Man sagte mir, er sei krank.«

»Krank?« wiederholte Bilson nervös.

»Ich selbst fühle mich auch nicht besonders.« Jarod preßte sich die Hand auf den Bauch und schnitt eine Grimasse. »Ich glaube, das Sushi war schuld. Kann ich noch mal verschwinden und dann nachkommen, Sir?«

»Aber ja doch«, erwiderte Bilson geistesabwesend. »Sicher.«

»Sir, stimmt was nicht?« Jarod schaute den kalkweiß gewordenen Bilson prüfend an.

»Nein, alles okay«, log der und ging weiter.

»Dauert nur 'ne Minute«, rief Jarod ihm nach und rannte zum Hauptgebäude zurück.

Bilson ging zur Anlegestelle und stellte fest, daß das moderne Einsatzboot, die »45«, fort war.

»Wo ist die 45?« fragte Bilson, als Saltz gerade vorbeikam.

»Irgendwo auf Patrouille«, antwortete Saltz schulterzuckend und deutete auf das alte Schnellboot. »Der Motor ist okay ...«

»... und schnurrt, Mann«, beendete Bilson genervt den Satz. »Ich weiß.«

Bilson betrat das Schnellboot. Außer ihm war niemand an Bord. Irgendwas stimmte hier nicht. Nur was? Bilson öffnete die Schranktüren und schaute unter Deck. Alles leer.

Der Kurzwellensender erwachte zum Leben.

»Santa Marca ruft Robin 4-2-7«, schnarrte eine Stimme mit spanischem Akzent aus dem Lautsprecher. »Santa Marca ruft 4-2-7. Bitte kommen 4-2-7.«

»Sind Sie wahnsinnig?« bellte Bilson in das Mikrophon. »Vor heute abend keinen Funkkontakt!«

»Wir bestätigen Nachfrage nach einem Treffen um zehn heute morgen«, antwortete die von Knistern und Rauschen begleitete Stimme aus dem Funkgerät. »Werden Sie da sein, Javi? Hallo? Javi?«

»Okay«, seufzte Bilson. »Heute. Ich werde da sein.«

»Adios«, sagte Jarod mit verstellter Stimme in sein Funkgerät und beendete das Gespräch.

Bilson hatte sich gerade von dem Schreck erholt, da zuckte er erneut zusammen. Jarod steckte seinen Kopf zur Kabine herein.

»Ich habe Sie schon gesucht«, sagte er. »Ich bin bereit, wenn Sie es sind.«

»Oh, ist schon okay, Lieutenant.« Bilson lächelte gequält. »Ist nur 'ne Routinefahrt. Ich mach das alleine.«

»Sind Sie sicher, Sir?« fragte Jarod.

»Ja, und sehen Sie zu, daß Sie gesund werden«, bekräftigte Bilson und klopfte ihm kumpelhaft auf die Schulter.

»Vielen Dank, Sir.« Jarod salutierte kurz und verschwand wieder.

Miss Parker, Sydney und ihr *Center*-Sturmtrupp statteten dem Y.M.C.A. einen erneuten Besuch ab. Yago saß während des anschließenden Verhörs auf einem Stuhl und trug eine aufrichtige Unschuldsmiene zur Schau.

»Sie hätten uns auch sagen können, daß er nebenan wohnt«, bellte Miss Parker ihn an.

»Sie haben ja nicht gefragt«, antwortete Yago mit entwaffnender Offenheit.

Die Agenten stellten Jarods Zimmer auf den Kopf. Sydney entdeckte Farbkleckse auf dem Boden. Auf einem Tisch fanden sie wieder eines von Jarods roten Notizbüchern. Darin waren Zeitungsausschnitte über Tom King und seine Familie eingeklebt.

»Kommen Sie!« befahl Miss Parker, nachdem sie die Zeitungsausschnitte gesehen hatte. Sie glaubte zu wissen, wo sie Jarod finden würden.

Kurz darauf wimmelte es am Pier der Küstenwache von Agenten des *Centers*. Miss Parker zeigte Saltz ein Foto von Jarod und fragte, ob er diesen Mann schon mal gesehen habe.

Saltz starrte ungläubig auf das Bild und nickte.

Bilson nahm notgedrungen das alte Schnellboot der Küstenwache. Einige Seemeilen vor der Küste bereute er seine Entscheidung. Der Motor war hinüber. Hilflos trieb das Boot auf dem endlosen Ozean.

»Na, das ist ja toll«, tobte Bilson und zitierte Saltz: »Schnurrt wie ein verdammtes Kätzchen.«

Bilson aktivierte das Funkgerät und versuchte, Kontakt mit seinen mexikanischen Freunden aufzunehmen.

»Robin 2-4-7 ruft Santa Marca«, sagte er ins Mikrophon. »Kommen, Santa Marca.«

»Rescue 45«, drang Jarods Stimme aus dem kleinen Lautsprecher. »Sind Sie das, Javi?«

Bilson suchte das Meer mit dem Feldstecher ab. Jarod raste mit dem großen 45er Rettungsboot der Küstenwache genau auf ihn zu.

»Rescue 45«, schrie Bilson ins Funkgerät. »Sie haben direkten Kurs auf mein Boot. Drehen Sie bei!«

Der Lautsprecher blieb stumm.

»Rescue 45!« schrie Bilson so laut, daß Jarod ihn auch ohne Funkgerät hören mußte. »Sofort beidrehen!«

Jarod bliebt auf Kollisionskurs.

»Rescue 45!« Bilsons Stimme überschlug sich. »Sie kommen direkt auf mich zu. Stoppen Sie! Rescue 45! Drehen Sie ab!«

Der Bug der heranschießenden 45er war nur noch zehn Meter entfernt . . . Acht . . . fünf . . ., ohne daß Jarod auch nur Anstalten machte, den Motor zu drosseln.

Bilson winkte wild mit dem Arm und schrie. Ihm blieben nur noch Sekunden, bevor Jarods Schiff sein Boot zerschmettern würde. Im letzten Augenblick sprang er über Bord. Hinter ihm bohrte sich der Bug der 45er in die Seite des kleinen Bootes und zerteilte es in der Mitte.

Jarod drehte bei. Bilson tauchte zwischen Wracktrümmern auf

»Was ist mit Ihnen los, zum Teufel?« schrie er. »Sind Sie blind, oder was? Werfen Sie 'ne Leine rüber.«

»Das geht nicht, Sir.« Jarod fuhr im weiten Kreis um Bilson herum.

»Was?« keuchte Bilson.

»Tut mir leid, aber ich kann Sie nicht rausholen«, antwortete Jarod und setzte seine Umrundungen fort.

»Sie wollen wohl vors Kriegsgericht, Lieutenant?« polterte Bilson.

»Nun, die Sache ist sehr ernst, Sir«, sagte Jarod ruhig. »Aber wissen Sie, Ihr dummes Kriegsgericht kann mir nichts anhaben, Bilson. Ich bin nämlich gar kein Lieutenant. Die Wahrheit ist, ich bin nicht einmal bei der Küstenwache.«

»Holen Sie mich hier raus!« Bilson schwamm hinter Jarods Boot her, gab den sinnlosen Versuch aber rasch wieder auf. »Los, holen Sie mich hier raus!«

»Oh, keine Sorge, Sie schaffen das schon«, antwortete Jarod mit beschwingtem Unterton. »Ich hab' schon von Männern gehört, die tagelang auf der Stelle rumgepaddelt sind.«

»Das ist nicht witzig!« Bilson beschlich allmählich Todesangst.

»Da haben Sie recht«, entgegnete Jarod immer noch im ruhigen Plauderton. »Es ist entsetzlich. Ja, man ist ganz allein und sieht nichts außer viel Wasser. Und dann fragt man sich, was wohl unter einem ist. Mit was man eben unter Wasser zusammengestoßen ist. Aber nach einer Weile beruhigt man sich wieder. Das ist dann der Moment, wo der Körper anfängt zu schmerzen. Und die Schmerzen sind nur zu stoppen, wenn man aufhört mit dem Wassertreten. Doch dann beginnt man unterzugehen. Und in diesem Augenblick zwischen Leben und Tod denkt man an all die Menschen, die man zurückläßt und man kämpft sich wieder nach oben an die Oberfläche. Dann kämpft man um sein Leben.«

»Sie können mich hier nicht zurücklassen!« brüllte Bilson in heller Panik.

»Natürlich kann ich das«, widersprach Jarod kühl.

»Genauso wie Sie den armen Tom King zurückgelassen haben.«

Jarod salutierte kurz, beschleunigte, zog den Steuerknüppel herum und raste Richtung Küste davon.

»Nein!« Bilson schrie, wie er noch nie im Leben geschrieben hatte. »Nein! Nein!! Oh!«

Das Hauptquartier der Küstenwache lag in einer malerischen Bucht mit Blick auf das Meer. Doch von hier konnte niemand beobachten, was sich auf dem Meer zwischen Jarod und Bilson abspielte.

Martha Pool und Commander Powell verließen gerade das Hauptquartier.

Commander Powell versprach Martha, sich persönlich um ihre Beförderung zu kümmern.

Javi kam ihnen mit dem braunen Briefumschlag entgegen, den Jarod ihm gegeben hatte.

»Entschuldigung, Sir«, sagte Javi. »Ich möchte Ihnen was zeigen.«

»Was ist das?« Commander Powell nahm den Umschlag und schaute Javi verwundert an.

»Es ist die Wahrheit, Sir«, antwortete Javi ernst.

In dem Umschlag fand Powell die Fotos, die Jarod von Kings verschollenem Wrack gemacht hatte.

Jarod hatte Kurs auf die Küste genommen. Obwohl Bilson es verdient hatte, überließ er ihn nicht seinem Schicksal. Er sollte nur für einige Zeit die Todesangst ausstehen, die King einen ganzen Tag lang hatte durchleiden müssen.

»Rescue Unit 45!« sagte Jarod ins Funkgerät. »Achtung! Da ist was in der Nähe der Boje neunundzwanzig abzuholen. Aber Sie können sich damit Zeit lassen. Es sind nur ein paar schwimmende Trümmer.«

Jarod hörte einen aufheulenden Schiffsmotor und sah ein Schnellboot, das mit direktem Kurs auf ihn zuraste. An Bord waren Miss Parker, Sydney und mehrere *Center*-Agenten.

Er riß das Steuer herum und flüchtete aufs offene Meer hinaus. Als er zurückblickte, sah er, daß seine Verfolger ihn fast eingeholt hatten.

»Da ist er!« Miss Parker deutete triumphierend in seine Richtung.

Die beiden Schnellboote fuhren gleichauf.

»Hallo Jarod«, grüßte Sydney über die Distanz von fast acht Metern hinweg.

»Hallo Sydney«, grüßte Jarod zurück.

»Geben Sie mir das«, schrie Miss Parker. »Diesmal entkommen Sie uns nicht.«

»Sydney hat mir beigebracht, daß meine Vorstellungskraft mich überall hinbringen kann«, antwortete Jarod und beschleunigte. Sein Boot war schneller als das seiner Verfolger. Rasch vergrößerte sich ihr Abstand. Miss Parkers Flüche wurden vom Fahrtwind und der harten Bugwelle ihres Schnellbootes verschluckt. Jarods Einsatzboot war bedeutend schneller als ihres. Vor Wut traten Miss Parkers Adern an Hals und Stirn vor, als sie sah, daß Jarod ihnen wieder einmal entkam.

Doch plötzlich wurde Jarods Boot langsamer, bis es schließlich ganz zum Stillstand kam.

»Er hat keinen Sprit mehr«, vermutete Sydney.

»Wie ich Ihnen gesagt habe, Sydney«, sagte Miss Parker selbstzufrieden. »Die Klugen machen immer irgend etwas Dummes. Los!«

Sie legten neben Jarods Boot an. Zwei Agenten sprangen an Bord und durchsuchten es vom Deck bis zum Rumpf. Aber Jarod war verschwunden. Alles, was sie fanden, war ein Blatt Papier, auf dem stand. *»Für Miss Parker«*. Darunter hatte Jarod die DSR-Diskette mit den Aufzeichnungen der an ihm vorgenommenen Experimente auf einen falschen Hundehaufen geklebt.

»Er ist nicht da«, meldeten die Agenten schließlich.

»Wie kann das sein?« fragte Miss Parker fassungslos.

»Das weiß ich nicht«, erwiderte einer der Agenten und gab ihr das Blatt mit der Diskette und dem falschen Hundehaufen. »Aber er hat Ihnen das hier dagelassen.«

Jarod war die ersten zwanzig Meter getaucht. Miss Parker und ihre Begleiter waren viel zu sehr mit der Durchsuchung seines Bootes beschäftigt, um ihn zu bemerken. Gefahrlos erreichte er Abbotts Schiff.

»Hallo, Roy!« grüßte Jarod und schwamm zum Heck des Kabinenbootes, wo Abbott stand.

»Jarod?« Abbott traute seinen Augen nicht.

»Schöner Tag zum Schwimmen«, meinte Jarod beschwingt und kletterte an Deck.

Einige Tage später prangte auf der Titelseite einer großen Zeitung die Schlagzeile: *»MYSTERIÖSER TOD DURCH ERTRINKEN ALS MORD ENTLARVT. OFFIZIER DER KÜSTENWACHE VERHAFTET«*.

Daneben waren ein Foto von Tom King und eines von Bilson abgedruckt.

Kimberly King erhielt am folgenden Tag ein kleines

Päckchen, das die kleine Christopherus-Figur enthielt, die Jarod vom Meeresgrund geborgen hatte.

Martha Poole bekam endlich ihre Beförderung – von Commander Powell persönlich. Und Miss Parker erholte sich in ihrem abgelegenen Ferienhaus von der letzten Schlappe. Bis spät in die Nacht saß sie in einem abgedunkelten Zimmer, rauchte eine Zigarette nach der anderen und betrachtete die DSR-Diskette, die Jarod ihr dagelassen hatte. Schließlich schob sie die Diskette ins Laufwerk und schaltete es ein. Der Fernsehbildschirm erwachte zum Leben. Miss Parker sah Jarod als kleinen Jungen mit Sydney und einem Assistenten im Labor.

»Nein, nein . . ., nein, nein, nein, laß mich!« schrie Jarod und versuchte sich loszureißen. Aber die beiden Männer hielten ihn fest.

In dem Moment zerrten zwei Männer ein Mädchen herein, das etwas jünger als Jarod war.

»Mama!« schrie das Mädchen. »Mama! Mama! Nein!«

»Haltet sie fest!« befahl Sydney. »Schafft das Kind hier raus!«

Das Bild des kleinen, verzweifelten Mädchens fror am Ende der Diskette ein.

Miss Parker starrte auf das Bild, und ihr fiel alles wieder in rascher Folge und in allen Einzelheiten ein. Sie hatte es all die Jahre erfolgreich verdrängt. Das kleine Mädchen auf dem Bildschirm war sie selbst, kurz nach dem tragischen Tod ihrer Mutter.

Plötzlich spürte sie darüber wieder den schneidenden Schmerz, den sie als Kind verspürt hatte. Alte Bilder, die sie längst verschollen geglaubt hatte, spukten erneut in ihrem Kopf und brachten glückliche Erinnerungen an ihre Mutter ans Tageslicht. Zum ersten Mal seit vielen, vielen Jahren spürte sie wieder Tränen auf den Wangen. Miss Parker drehte sich um. Sie schaute auf das große Ölbild, das Jarod ihr geschickt hatte. Er hatte sie als kleines Mädchen mit verzweifeltem Gesichtsausdruck und Tränen auf der Wange gemalt, genauso wie sie das letzte Bild der Diskette sie gezeigt hatte.

Miss Parker griff zum Telefon und rief ihren Vater an: »Ich bin's. Ich will wissen, was wirklich mit Ma passiert ist.«

Am folgenden Morgen setzte Abbott Jarod am nächsten Hafen ab.

»Danke, Roy.« Jarod schüttelte ihm die Hand.

»Nicht der Rede wert«, antwortete der andere verlegen.

Jarod ließ seinen Blick zu den Häusern der kleinen Stadt gleiten. »Was werden Sie jetzt tun?«

»Ich denke, ich werd' spazierengehen.« Abbott stieg von Bord und nahm seine Jacke. Nach dem Gespräch mit Jarod war er entschlossen, einer gewissen Dame eine gewisse Frage zu stellen, die er ihr schon vor vielen Jahren hätte stellen sollen.

»Und wie steht's mit Ihnen?«

»Ich denke, ich werde spazieren*fahren*«, antwortete Jarod.

Einige Tage später nahm Jarod im Cockpit eines IndyCar-Rennwagens Platz. Unter der Rennmontur trug er einen feuerfesten Anzug. Jarod setzte den Helm auf und brauste zum Start, wo die Rennwagen die Startposition einnahmen. Er fuhr in die Pool-Position. Seine Chancen auf den Gewinn des Rennens standen gut. Noch besser aber standen seine Chancen, daß das *Center* ihn niemals im Renn-Zirkus vermuten würde.

10. KAPITEL
Der wißbegierige Jarod

Jarods Spur führte Sydney und Miss Parker auf einen abgelegenen Schrottplatz am Rande Nevadas. Die Sonne brannte gnadenlos auf die riesigen Schrotthalden und verwandelte den Ort in einen Backofen.

Jones, der Besitzer des Schrottplatzes, ein burschikoser junger Mann in kariertem Hemd, abgetragenen Jeans und einer Baseballkappe auf dem Kopf, gab sich nicht besonders Mühe mit seiner Mithilfe. Erst als Miss Parker die ganze Autorität des *Center* einsetzte, gab Jones Informationen über Mr. Woods – wie sich Jarod hier nannte – preis.

»Man sitzt doch nicht einfach einen Monat auf einem Schrottplatz herum«, erzählte Jones über Jarod, während er seine Besucher zu einer alten Holzkiste führte. Sie stand neben einer Holzbaracke, in der Jarod einige Wochen untergetaucht war. »Mr. Woods sagte, er hätte genug vom ›Rumreisen‹. Er wollte 'n bißchen Ruhe und mal wieder in den Büchern rumstöbern. Als würde ihn jemand dafür bezahlen. Der Mann hat Tag und Nacht gelesen.«

»Gelesen?« Sydney spürte, wie der Schweiß sein Hemd unter dem Jackett allmählich durchtränkte.

»Was gelesen?« hakte Miss Parker nach. »Was genau?«

»Bücher, unzählige Bücher.« Jones öffnete die große Holzkiste. Sie war bis zum Rand mit Büchern gefüllt. »Sehen Sie sich mal all die Bücher an.«

»Hat Mister Woods die alle mitgebracht?« wollte Sydney wissen.

»Die meisten wurden geliefert«, antwortete Jones. »Er hat die alten Bestände der Bücherei aufgekauft.«

»Scheinen Bücher über Mathematik und andere Wissenschaften zu sein«, sagte Sydney, während er einige Exemplare in die Hand nahm.

»Er hat den Kram echt verschlungen«, erzählte Jones weiter und deutete auf einen klapprigen Schaukelstuhl neben der Baracke. »Er hat vierzehn Stunden in 'nem Schaukelstuhl hier rumgesessen und 'nen halben Dollar geschnippt.«

»Vierzehn Stunden?« wiederholte Miss Parker ungläubig.

»Er sagte, Kopf hätte 'ne größere Chance«, fuhr Jones fort. »Hat was mit der Oberfläche zu tun. Oder war's die Aerodynamik? Er sagte: Beim Dime* geht's nicht. Wette nie mit 'nem Dime! Warum, das hat er nicht gesagt.«

». . . Physik und irgendwas über die Wahrscheinlichkeitstheorie.« Miss Parker blätterte in einem dicken Buch, legte es weg und holte ein anderes aus der Kiste. »Ich warte lieber, bis sie darüber einen Film machen. ›*Beseitigung von Ungleichheiten*‹.«

»Darf ich mal sehen?« Sydney nahm ihr das Buch ab und betrachtete es nachdenklich. »Irgendwo hat Jarod

* Dime = 10 Cent-Münze

uns sicher eine Nachricht hinterlassen. Und wir sind nah dran.«

»Wir sind nirgendwo dran«, fauchte Miss Parker. »Er führt uns nur vor, Syd. Er treibt sein Spiel mit uns.«

»Warum sollte das jemand alles lernen?« Sydney starrte ratlos auf die Bücherkiste.

»Verdammt gute Frage«, stimmte seine Begleiterin ihm zu.

Vor ein paar Jahrzehnten noch war Las Vegas eine mickrige Raststätte irgendwo in der Wüste gewesen. Doch als das Spielen in Nevada legalisiert wurde, entstand praktisch über Nacht eine Stadt, deren Funkeln sogar noch vom Weltraum aus gesehen werden konnte. Bei Einbruch der Dunkelheit verwandelte sich Las Vegas in eine flimmernde Lichterpracht. Gigantische Hotels im arabischen oder altrömischen Stil und riesige Spielsalons prägten das Bild des Strip. Dazwischen wimmelte es von kleinen, billigen Hochzeitskapellen. Und jeder – wirklich jeder – freie Quadratmeter war mit Spielautomaten gepflastert, die unersättlich mit Vierteldollar-Münzen gefüttert werden wollten.

Eines der größten Casinos am Strip war das »Marquis«. Buntgefärbtes Wasser sprudelte aus Marmorbrunnen. Der Weg zur Spielhalle wurde von eleganten Boutiquen gesäumt. An der Seitenwand standen unzählige Spielautomaten aufgereiht. Immer wieder erfüllte das Klingeln von Münzen die Luft, wenn eine Handvoll Silberdollars in die Auffangschale prasselte.

Der eigentliche Spielsalon mit den Roulette- und Blackjack-Tischen war dunkel gehalten. Nur die Spieltische selbst wurden von einer Lampe darüber erhellt.

Die Tische glichen erleuchteten Inseln in einem schummrigen Meer.

Videokameras an der Decke fingen jede Bewegung der Besucher ein und leiteten die Bilder in die oberen Stockwerke zur Zentrale des Sicherheitsdienstes. Gleichzeitig streiften als Zivilisten getarnte Sicherheitsbeamte durch den Spielsalon und behielten die Gäste im Auge.

Davis, ein stämmiger Mann Mitte Vierzig mit glattrasiertem Gesicht, bemerkte an Tisch neun eben etwas Ungewöhnliches.

Ein junger Mann etwa Anfang Dreißig im blauen glänzendem Jackett, gewann ununterbrochen im Blackjack.

»Der Typ an Tisch neun ruiniert uns«, meldete Davis per Handy in die Zentrale hoch.

»Bin schon unterwegs«, antwortete der Chefcroupier.

»Der Kerl muß 'n Betrüger sein«, fuhr Davis fort. »Er kann unmöglich acht Decks* im Kopf behalten.«

Jarod spielte praktisch acht Spiele an einem Tisch gleichzeitig. Das verachtfachte seinen Gewinn mit jeder Runde. Vor Jarod stapelte sich bereits ein Vermögen.

Der Chefcroupier trat unauffällig an den Blackjack-Tisch, an dem Jarod saß. Der Chefcroupier trug am Handgelenk ein Funkgerät, mit dem er sich bei Davis meldete.

»Wieder gewonnen«, sagte er leise.

»Der bisherige Gewinn?« zischte Davis wütend.

»Über hunderttausend Dollar, glaub' ich«, antwor-

* Kartenstapel

tete der Chefcroupier. »Mr. Morgan hat sein Okay gegeben.«

Jarod das Weiterspielen zu verbieten wäre nicht gut für den Ruf des Casinos gewesen. Zwar glaubte niemand an eine Glückssträhne, aber wenn Jarod falsch spielte, dann mußten sie es ihm erst einmal nachweisen.

»Wer zum Teufel ist der Kerl?« fluchte Davis, stellte das Handy ab und winkte eine junge Bedienung heran. »Ivy, komm her! Was trinkt er?«

»Dr. Pepper«, antwortete sie und deutete auf das Glas Mineralwasser auf ihrem Tablett.

Ivy war ein üppiges blondes Mädchen in den frühen Zwanzigern. Sie hatte ein hübsches Gesicht, volles Haar und einen großartigen Körper, der in dem kurzen, tief ausgeschnitten Kleidchen voll zur Geltung kam.

»Bieten Sie ihm ›Cristalle‹ an oder ›Stoli‹.« Davis hoffte, daß Alkohol Jarod zu Fehlern verleiten würde und sie ihn dann entlarven konnten.

»Ich hab's versucht«, antwortete Ivy und lächelte bedauernd. »Er will Dr. Pepper.«

»Okay«, schnaufte Davis und ließ Ivy gehen.

Ivy brachte Jarod das Mineralwasser. Der warf ihr einen halben Dollar aufs Tablett. Die Münze drehte sich ein paarmal in der Luft.

»Kopf!« sagte Jarod, bevor die Münze aufschlug.

Die Münze landete mit der Kopfseite nach oben auf dem Tablett.

»Das zehnte Mal«, staunte Ivy.

Jarod lächelte sie amüsiert an.

»Das nächste Spiel beginnt«, meldete der Croupier und teilte die Karten aus. Acht Paare. Jeweils eine Karte mit dem Gesicht nach unten, darauf eine Karte mit dem Gesicht nach oben.

»Wollen Sie mein Glücksbringer sein?« fragte Jarod und bot Ivy den freien Platz neben sich an.

»Mister, ich gewinne nicht mal beim Hühnerknochenziehen«, antwortete sie, setzte sich aber trotzdem. »Ich bin Ivy.«

»Mr. Felson?« sprach ihn der Croupier an.

»Und noch mal fünfzig«, setzte Jarod. »Danke.«

Er deutete auf den ersten Kartenstapel. Eine Neun lag oben. Der Croupier legte auf Jarods Zeichen eine Karte hinzu. Es war wieder eine Neun. Nun deckte er die Karte darunter auf. Es war eine Vier. Machte zusammen zweiundzwanzig.

»Die Bank hat siebzehn«, meldete der Croupier. »Die Bank gewinnt.«

»Sehen Sie, ich bringe nur Unglück«, seufzte Ivy.

»Aber Sie können nur Glück bringen, wenn Sie an Glück glauben«, meinte Jarod. »Glauben Sie dran?«

»Nein«, antwortete sie.

Jarod griff zu dem Kartenstapel mit dem Herz-König und deckte die Karte darunter auf. Es war ein Karo-As. Blackjack! Jarod griff zum nächsten Kartenstapel, auf dem ein Karo-König lag. Die Karte darunter war ein Kreuz-As. Wieder Blackjack.

»Ich auch nicht«, gestand er Ivy mit charmantem Lächeln. »Und schon wieder Blackjack.«

Jarod gewann sieben von acht Spielen. Der Croupier schob ihm einen Stapel Chips zu und ließ Jarods Gewinn damit in astronomische Höhen steigen.

»Das reicht«, zischte Davis ins Handy. »Ich rede mit Mr. Morgan. Und jetzt stoppt ihn!«

»Glücksbringer hin oder her«, vertraute Jarod Ivy an. »Ich spiele noch weiter.«

Doch dazu kam er nicht mehr.

Mr. Davis bat ihn höflich, aber bestimmt in das Büro des Überwachungsdienstes. Der Raum war dunkel und spartanisch eingerichtet. Es gab mehrere Computer und eine Wand, die mit laufenden Überwachungsmonitoren bestückt war.

Jarod mußte sich auf einen Stuhl setzen, während Davis, der Chefcroupier und zwei muskelstrotzende Sicherheitsbeamte um ihn herum standen. Sie bedachten ihn mit unverhohlen feindseligen Blicken. Schließlich trat Mr. Morgan, der Manager des Casinos, ein.

Mr. Morgan war ein imposanter, schlanker Mann Anfang Fünfzig. Obwohl er bis auf einen Haarkranz kahl war, wirkte er immer noch jugendlich. Sein Gesicht war ruhig und ausdruckslos. Seine Augen funkelten intelligent und kalt. Wie meistens war er von Kopf bis Fuß in Schwarz gekleidet.

»Wenn er tatsächlich so'n phänomenales Gedächtnis hat, dann bekomm' ich es nicht mit«, sagte der Chefcroupier. Es klang wie eine Entschuldigung.

»Halten Sie das für ein Spiel?« warf Davis Jarod seine Glückssträhne vor.

»Ist hier in Las Vegas nicht alles ein Spiel?« fragte er zurück.

»Das ist der Mann, Mr. Morgan«, sagte Davis zu seinem Chef.

»Sie zählen gern die Karten, hab' ich recht?« fragte Morgan.

»Sein Name ist Jarod Felson«, fuhr Davis fort. »Hab' ich genau durchgecheckt. Kreuzfahrt nach Monte Carlo. Es gibt nichts über den Mann.«

Er blätterte in Jarods Paß.

»Ich bin geehrt.« Morgan lächelte Jarod charmant an. »Er hat sich das Marquis Casino ausgesucht, um ein erstes Falschspiel zu machen. Deshalb könnte man glauben, daß Mr. Felson ein kompletter Idiot ist.«

»Vielleicht hat Ihr Sicherheitschef nicht tief genug gegraben«, sagte Jarod und lächelte ebenso charmant zurück. »Versuchen Sie's mal in der FBI-Akte unter ›Ricoh‹.«

»Über Sie gibt's eine Akte?« staunte Morgan.

Davis trat an den Computer und gab das Codewort ein. Kurz darauf flimmerte ein Foto von Jarod auf dem Bildschirm. Darunter erschienen sämtliche Daten über ihn – die Jarod schon Tage vorher entsprechend manipuliert hatte.

»Hallo, Mr. Morgan«, drang Jarods Stimme aus dem Lautsprecher des Computers.

»Sie haben das inszeniert«, sagte Morgan und schmunzelte überrascht. »Sie haben gewußt, daß wir uns miteinander unterhalten würden.«

»Nicht übel für 'nen kompletten Idioten.« Jarod blickte beifallheischend in die Runde.

»Wo sind Ihre Blackjack-Gewinne?« wollte Davis wissen. Als er Jarod am Tisch angesprochen hatte, waren die Chips nicht mehr dagewesen.

»Ich habe sie in Mr. Morgans Büro bringen lassen ... durch eine charmante junge Lady namens Ivy«, antwortete Jarod.

»Oh, Sie geben mir mein Geld zurück?« wunderte sich Morgan.

»Ich habe kein Interesse an dem Geld«, erwiderte Jarod.

»Wenn nicht der Mammon, was ist es dann?« Morgans Interesse an Jarod wuchs immer mehr.

»Ich bin nicht hier, um Sie lächerlich zu machen, Mr. Morgan.« Jarod stand auf und schlenderte zu den Überwachungsmonitoren hinüber. »Oder um Sie auszunehmen.«

»Also, was wollen Sie?« wollte Morgan wissen.

»Sie verfügen über ein erstaunliches Sicherheitssystem, Mr. Morgan«, meinte Jarod und deutete auf einen Monitor, der einen Blackjack-Tisch von oben zeigte. »Nur schade, daß niemand hier weiß, wie man es benutzt. Es waren tausend Dollar gesetzt. Was hat der Croupier ausgezahlt?«

»Einen weißen Chip«, antwortete Morgan, während er den Croupier auf dem Bildschirm beobachtete. »'nen Tausender.«

»Hier sehen Sie, Mr. Rawlings.« Jarod deutete auf den Bildschirm, der den Croupier bei der Arbeit zeigte. »Seit zehn Jahren gibt er beim Blackjack die Karten aus.«

»Er ist der beste Croupier, den wir haben«, ergänzte Morgan stolz.

»Das ist zu dumm, denn er ist kurz davor, seinen Job zu verlieren.« Jarod lächelte bedauernd. »Er ist früher in einer Zaubershow in Kentucky aufgetreten. Seine Spezialität: Taschenspielertricks. Weitere tausend an den vermeintlichen Gast. Der gibt sie an einen Kurier weiter.«

Morgan traute seinen Augen nicht. Auf dem Bildschirm sah er tatsächlich, wie Rawlings einem Spieler unauffällig zwei Tausend-Dollar-Chips zuschob. Der behielt die verräterischen Chips aber nicht bei sich, sondern gab sie einer Komplizin.

»Er hat der Kellnerin den Chip gegeben«, keuchte Morgan fassungslos. »Wo geht sie hin?«

»Vergessen Sie den Kurier«, sagte Jarod ruhig. »Beachten Sie nur den Chip. Denn der wandert wie auch Dutzend andere in das Gürtelhalfter Ihres Sicherheitschefs Mr. Davis.«

Jarod drehte sich zu Davis um, faltete die Hände und bedachte ihn mit einem breiten Grinsen.

»Mr. Morgen, ich . . .«, stotterte Davis entsetzt.

»Geben Sie's her!« bellte Morgan seinen Sicherheitschef an.

»Ich arbeite seit zehn Jahren hier«, protestierte Davis. »Und dann kommt so ein Kerl in einem glänzenden Anzug daher . . .«

»Helft ihm!« befahl Morgan den beiden Sicherheitsleuten.

Routiniert durchsuchten sie Davis Taschen, förderten eine Rolle Tausend-Dollar-Chips zutage und gaben sie Morgan.

»Es sind über zehntausend Dollar«, stellte er verbittert fest. »Schafft ihn hier raus!«

Die beiden Sicherheitsmänner packten Davis an den Armen und zerrten ihn unsanft nach draußen.

»Das wird Ihre Probleme nicht lösen.« Jarod baute sich vor Morgan auf und verschränkte die Arme. »Ein Casino ist immer ein gutes Ziel.«

»Also, Mr. Felson, was wollen Sie?« wollte Morgan wissen.

»Fünf Prozent von dem, was Sie nicht verlieren, solange ich für die Sicherheit zuständig bin«, erwiderte Jarod.

Es war ein guter Deal – für beide Seiten ...

11. KAPITEL
Es lebe der King!

Jarod schlenderte bis spät in die Nacht über den Strip, vorbei an den Tempeln des schnellen Geldes und der zerbrochenen Träume. Sie lockten, trügerisch funkelnd, wie falsche Diamanten. Die Luft war erfüllt vom unaufhörlichen Rasseln der Geldautomaten. Wunder über Wunder, deren Anblick Jarod in sich aufsog wie ein ausgetrockneter Schwamm.

Als Jarod zum Marquis-Casino zurückkam, sah er das größte aller Wunder überhaupt: Elvis! Der King!

Er ähnelte allerdings nicht dem Elvis, den Jarod als Kind – bevor er in das *Center* eingesperrt worden war – gesehen hatte. Damals war Elvis rank, schlank und durchtrainiert gewesen. Jetzt war er bedeutend fülliger geworden, hatte lange Koteletten, trug einen weißen, tief ausgeschnittenen Anzug mit bunt funkelnden Edelsteinen und Sonnenbrille. Einige übergewichtige Mitfünzigerinnen umringten den King von allen Seiten. Er gab ihnen Autogramme, dann huschten sie kichernd wie blutjunge Teenager davon.

»Also gut, Ladies«, rief der King ihnen hinterher. »Und vergeßt nicht, heute abend in meine Show zu kommen. Keine Ausreden. Es gibt keine Mindesteinsätze und die Hors-d'oeuvres sind gratis. Okay, wir sehen uns. Bye-bye.«

Der King drehte sich um und bemerkte, wie Jarod ihn unverhohlen anstarrte.

»Hallo, Teddybär«, grüßte der King. »Wollen Sie mir die Hand schütteln? Dem King of Rock 'n Roll?«

»Nein«, antwortete Jarod verdattert. »Ich versuch' nur, das zu verstehen. Sie tragen ein geliehenes Kostüm und geben vor, ein toter Sänger zu sein?«

»Sänger?« wiederholte der King verächtlich. »Junge, haben Sie gar keine Ahnung, wer ich bin?«

»So würde ich jetzt vermuten«, erwiderte Jarod.

»Vor Ihnen steht ein Nationaldenkmal, Mann«, erklärte der King stolz. »Mount Rushmore . . . Blue Suede Shoes. Niemand auf Gottes weiter Erde verdient mehr Aufmerksamkeit und Respekt als der Mann, der gerade vor Ihnen steht, mein Freund.«

Der King ging in die Hocke und streckte einen Arm schräg nach oben, als ob er wegfliegen wollte.

»He, Bernie!« rief Ivy aus dem Casino. »Ein Typ am Würfeltisch gibt dir fünf Mäuse, wenn du dich um seine Frau kümmerst.«

»Ich bin gleich da«, rief der King zurück und lächelte Jarod entschuldigend an. »Die Fans verlangen nach mir. Ich muß gehen.«

Das Center
Blue Cove
Delaware

Miss Parker schritt unablässig in Broots Büro auf und ab. Broots hatte das Buch, das Jarod als letztes gelesen hatte, durch den Zentralcomputer gejagt. Aber sie konnten noch immer keinen Bezug zu irgend etwas herstellen.

»Tja, einiges spricht für Jarods Theorie über die Aerodynamik von Fünfzigcentmünzen. Kopf«, sagte Broots, während er an seiner Computer-Konsole saß.

»Jarod versucht mir etwas mitzuteilen«, meinte Sydney und blätterte in dem zerfledderten Buch. »Und das Buch ist der Schlüssel.«

»Das ist ja 'n toller Hinweis, Syd.« Miss Parker konnte Sydneys ständiges Schwanken zwischen wissenschaftlichem Denken einerseits und weinerlicher Sentimentalität anderseits kaum ertragen. »Jarod hat tausend Stellen in dem Buch angestrichen.«

»Aber sehen Sie sich die Seiten mit den Statistiken an«, forderte Sydney sie auf. »Er hat dort immer die Acht markiert. Acht ist Jarods Lieblingszahl. Er nennt sie Unendlichkeit im Hochformat, weil die Bögen ineinander verschmelzen.«

»Vielleicht verwandelt sich Ihr Wunderknabe ja in Brian Boitano*«, schnaubte Miss Parker.

»Jarod hat irgendwas damit vor.« Sydney betrachtete eine kleine, ausgeschnittene Rose, die als Lesezeichen in dem Buch lag.

* Brian Boitano = Mehrfacher Weltmeister im Eiskunstlauf

»Er spielt ein Spiel«, sagte sie verärgert.

»Ein Spiel?« kombinierte Sydney und betrachtete nachdenklich die Papier-Rose. »Ein Spiel mit hohem Einsatz . . . Poker mit hohem Einsatz . . . Baccara!«

»Na, Wahnsinn, Syd«, fauchte Miss Parker sarkastisch. »Es gibt ja nur Tausende von Spielbanken auf diesem Planeten. Wir brauchen bloß noch die richtige zu finden.«

»Irgendeine Ahnung, wo wir mit der Suche anfangen?« erkundigte sich Sydney.

»Ich weiß, wen wir fragen können«, überlegte Miss Parker laut, wobei ein dünnes Lächeln über ihr Gesicht huschte.

Jarod trat am nächsten Tag seinen Dienst als Sicherheits-Chef im Marquis-Casino an. Zunächst einmal überprüfte er die Boutiquen im Eingangsbereich. Ein Kinderbuchladen zog ihn magisch an. Hier fand er einige der Bücher, die ihn als kleines Kind verzaubert hatten.

»Hallo«, grüßte er ein kleines Mädchen mit langen Zöpfen, während er in einem Kinderbuch blätterte. »Hast du das gelesen? Es ist sehr gut. Es handelt von einem wißbegierigen kleinen Affen namens George.«

»Er war neugierig«, antwortete das Mädchen und schaute zu Jarod hoch. »Ich habe es schon oft gelesen.«

»Oh, gut.« Jarod legte das Buch weg und ging vor dem Mädchen in die Hocke. »Dann kannst du mir vielleicht helfen. Wer ist der Mann im gelben Hut?«

Das Mädchen schaute auf das Bild von dem Mann im gelben Hut.

»Ich weiß es nicht«, gab es hinter vorgehaltener Hand zu.

»Trotzdem vielen Dank«, sagte Jarod und lächelte dem weglaufenden Kind hinterher.

Anschließend schlenderte er nach draußen zum Swimmingpool. Kaum hatte er den klimatisierten Innenbereich verlassen, schlug ihm die Hitze gnadenlos entgegen. Auch die Anlage um den Pool war prächtig, luxuriös oder kitschig, je nachdem, welchen Standpunkt der Betrachter einnahm. Das Marquis hatte wirklich keine Kosten gescheut, um die Reichen und Superreichen mit einem üppigen Ambiente zu verwöhnen: antike Marmorstatuen, goldene Armaturen, Liegestühle mit Samtbezug. Hier traf Jarod Morgan.

»Jarod, es wird Zeit.« Morgan wartete bereits auf Jarod. »Hanlon hat schon nach Ihnen gefragt.«

»Oh, nach mir?« Jarod schaute verwundert drein.

»Dadurch, daß Sie Davis haben auffliegen lassen, spart er eine Menge Geld«, verriet Morgan ihm, während sie am Pool entlanggingen. »Das hätten nicht mal seine trickreichen Buchhalter geschafft.«

Jarod folgte Morgan zu Steve Hanlon, dem Chef des Marquis-Casinos. Er stand in einer Gruppe elegant gekleideter Frauen und verabschiedete sie gerade.

»Jarod Felson«, stellte Morgan vor. »Steve Hanlon.«

»Es freut mich, Sie kennenzulernen, Sir.« Jarod und Hanlon wechselten einen herzhaften Händedruck.

Steve Hanlon war eine imposante Erscheinung, dreiundsechzig Jahre alt, hochgewachsen, fast einsfünfundachtzig, straffe Körperhaltung, volles, weißes Haar, glattrasiertes, sympathisches Gesicht. Er trug einen mattglänzenden grauen Anzug von Armani.

»Ich möchte Ihnen danken, daß Sie uns behilflich waren«, sagte er mit angenehmer Stimme. »Wissen

Sie, hier im Marquis betrachten wir uns alle irgendwie als Familie. Es gibt nichts Schlimmeres, als von jemandem betrogen zu werden, der einem nahesteht. Sehr beeindruckend, wie Sie hier aufgeräumt haben. Mich würde dabei nur interessieren, wieso ein wildfremder Mann, den ich überhaupt nicht kenne, mir bei meinen Geschäften hilft? Einfach so aus dem Nichts.«

»Ich bin ein Fan von Ihnen, Sir«, gestand Jarod. »Sie haben mit einem Videoladen angefangen und daraus ein Imperium gemacht. Sie geben den Menschen, was sie haben wollen. Das mag ich, Sir.«

»Sie sind ein guter Beobachter«, lobte Hanlon geschmeichelt.

»›Beherrsche deine Möglichkeiten‹«, zitierte Jarod aus einem der Bücher, die er über Hanlon gelesen hatte.

»Mein Vortrag in Brownstone«, erinnerte sich Hanlon. »Das war vor mindestens zwölf Jahren.«

»Vor elf Jahren genau«, erwiderte Jarod. »Und dort gebrauchten Sie zum ersten Mal: ›*Die Familie geht vor*‹ als Firmen-Motto.«

»Sie waren dort?« wollte Hanlon wissen.

»Nein, Sir«, antwortete Jarod bescheiden. »Aber ich habe mir die Kassette gekauft. Ich habe sie immer wieder gehört.«

»Seien Sie vorsichtig, Peter«, wandte sich Hanlon schmunzelnd an Morgan. »Sonst mache ich Ihnen den Mann abspenstig und küre ihn zum Gesellschafter.«

Morgan lächelte gequält und nippte an seinem Drink. Irgendwas an Jarods Art war ihm unheimlich. Ein tiefsitzender Instinkt warnte ihn vor diesem Mann. Er heftet einen neidvollen Blick auf Jarods Gesicht, der dem anderen nicht entging.

»Ich wollte nur die Korruption im Marquis stoppen, und dabei soll's auch bleiben«, entschärfte Jarod rasch mögliche Spekulationen, er sei interessiert an Morgans Job.

»Jarod, Sie haben meine volle Unterstützung, was immer Sie tun werden«, erklärte Hanlon jovial und etwas lauter als nötig war.

»Vielen Dank, Sir.« Jarod schüttelte Hanlon erneut die Hand.

Eine gutaussehende Frau trat hinzu. Sie hatte große, strahlend blaue Augen, feine Gesichtszüge und braunes, schulterlanges Haar. Sie mußte etwa fünfzig Jahre alt sein. Als Jarod ihr die Hand gab, spürte er durch seine Pretender-Fähigkeit, daß ihr das Alter zu schaffen machte. Heute sah sie noch gut aus, aber bald würde man von ihr sagen, daß sie einmal gut ausgesehen hatte. Sie trug einen stahlblauen kurzen Rock und eine passende breitschultrige Jacke mit einem kleinen Hut.

»Jarod, das ist meine Frau Kitty«, stellte Morgan die beiden vor. »Kitty, Jarod Felson – unser neuer Sicherheitschef.«

»Freut mich, Sie kennenzulernen«, sagte Jarod und deutete eine Verbeugung an.

»Ganz meinerseits, Mr. Felson«, antwortete sie mit samtweicher Stimme.

»Ich habe Ihr Foto in der Lobby gesehen«, fügte Jarod hinzu.

»Kitty war früher der Star unserer Show«, entgegnete Morgan.

»Tut mir leid, ich muß Mr. Hanlon kurz entführen«, sagte sie. »War nett, Sie kennenzulernen, Mr. Felson.«

Sie schenkte Jarod ein bezauberndes Lächeln und wandte sich dann zu Hanlon um.

»Ganz meinerseits.« Jarod schaute ihr verzückt hinterher, als hätte er gerade eine echte Elfe gesehen.

»Sie interessieren sich also für Firmenpolitik«, riß Morgan ihn aus seinen Gedanken.

»Ich stimme mit Mr. Hanlons Theorie über die Familie überein, falls Sie das meinen«, antwortete Jarod, während er mit Morgan Richtung Casino langsam am Pool vorbeischlenderte.

»Das einzige, was Hanlon an der Familie gefällt, sind die Profite, die damit zusammenhängen«, entgegnete Morgan bitter. »Er hat Millionen in den Bau dieses Spielplatzes investiert und behauptet, nun gäbe es einen Grund für Familien, zusammen zu verreisen.«

»Und tun sie's denn nicht?« wollte Jarod wissen und blieb stehen.

»In ein Casino?« Morgan drehte sich zu Jarod um und hob die Brauen. »Leute, die nie im Traum dran gedacht haben zu spielen, glauben nun, es wäre eine heilige Stätte. Hängen Sie an die einarmigen Banditen einige Spielsachen für die Kids, dann fahren die auch pleite nach Hause. Lassen Sie sich nicht von Hanlon täuschen. Er vertritt vielleicht den neuen Gemeinschaftssinn der Stadt, aber tief in seinem Innern mag er das alte Vegas.«

Damit drehte Morgan sich um und ließ Jarod stehen.

Jarod fuhr nach Einbruch der Dunkelheit mit einem Taxi den Strip hinab. Gedankenverloren blätterte er in seinem Notizbuch. Dort hatte er Zeitungsberichte mit

Fotos von Maggie Blaire eingeklebt. Sie war Mitte Zwanzig und ein schönes Mädchen mit vollem, schwarzem Haar und intelligenten Augen. Die Überschrift des ersten Zeitungsausschnittes lautete:

»SHOWGIRL VERPRÜGELT – MAGGIE BLAIRES ZUSTAND KRITISCH«. Auf dem nächsten Ausschnitt stand: »SHOWGIRL IM KOMA«. Und auf dem dritten prangte: »SCHLAFENDE SCHÖNHEIT KÄMPFT UM IHR LEBEN«.

Maggie Blaire lag in einem Einzelzimmer auf der Intensivstation. Jarod saß fast zwei Stunden neben dem Bett und hielt ihre Hand. Maggie war mit Kabeln und Schläuchen an lebenserhaltende Apparate angeschlossen. Der trostlose Anblick raubte Jarod fast jede Kraft.

»Tut mir leid, daß ich so spät herkomme, Maggie«, flüsterte er beschämt.

Das Zimmer war abgedunkelt. Nur über dem Bett leuchtete eine schwache Neonröhre. Die Skalen der medizinischen Apparate verströmten ihr grünes Licht. Im Zimmer war es totenstill. Jarod hörte nur sein eigenes Atmen und das Atmen von Maggie.

Buddy, ein dunkelhäutiger Arzt, trat leise ein.

»Die Besuchszeit geht nur bis acht«, sagte er gedämpft.

Jarod nickte und stand lautlos auf.

»Ich dachte, sie hätte niemanden, sie wäre allein«, raunte Buddy verwundert, als Jarod zur Tür ging.

»Jetzt hat sie jemanden«, antwortete Jarod scharf.

»Sollte keine Beleidigung sein, Sir.« Buddy zuckte verlegen mit den Schultern. »Nur . . . sie wird wohl nie wieder aufwachen.«

»Aber das bedeutet nicht, daß sie mich nicht hören kann«, erwiderte er. »Mein Name ist Jarod.«

»Oh, ich bin Buddy.« Er schüttelte Jarod die Hand. »Freut mich.«

»Äh . . ., Buddy?« Jarod blickte unverwandt auf Maggie.

»Mmmm?« Buddy schaute Jarod fragend an.

»Wenn sich an ihrem Zustand irgendwas verändert, sagen Sie mir bitte Bescheid«, bat er.

»Ich habe es nicht so gemeint, als ich sagte, daß sie nie wieder aufwacht.« Buddy seufzte. »Hörte sich ziemlich herzlos an. Aber . . . äh, ich hab' gelernt, gefühlsmäßig Distanz zu wahren. Doch es ist schön zu wissen, daß sich jemand um sie kümmert.«

Miss Parker und Sydney fuhren mit einem schwarzen Chevy nach New York. Sie hielten hinter dem Rockefeller Center. Es war ein strahlend schöner Tag mit vollkommen wolkenlosem Himmel. Doch Sydney hatte kein Auge für die Schönheiten der Natur. Er mußte seine Ungeduld zähmen, weil seine Begleiterin wieder einmal die Geheimniskrämerin spielte.

»Miss Parker, was machen wir hier?« platzte er schließlich heraus, als sie aus dem Wagen stiegen.

»Nur einen alten Freund begrüßen«, antwortete sie.

Johnny war ein großgewachsener Mann italienischer Abstammung. Er hatte leichte Atembeschwerden, wirkte ansonsten aber gesund. Er trug einen hellen Anzug und stand mißmutig neben seinem Wagen. John gehörte zu den kleineren Cosa-Nostra-Familien New Yorks. Auf der anderen Seite des Autos wartete Johnnys Bruder Vito. Er war kleiner, jünger und drahtiger als

Johnny. Sein stechender Blick ruhte haßerfüllt auf Miss Parker. Vito trug fast den gleichen Anzug wie sein Bruder.

»Ich weiß, Sie freuen sich, mich zu sehen, Vito«, sagte sie fröhlich und trat vor die beiden Männer. »Aber beruhigen Sie sich wieder.«

»Sydney, sagen Sie Johnny guten Tag«, wandte sie sich an ihren Begleiter. »Johnnys Bruder Vito ist Hakker, und eines Tages war er plötzlich im Computer unserer Tochterfirma in Chicago drin. Jetzt muß er zehn Jahre in ›Joliet‹ absitzen.«

Für Miss Parker war es ein leichtes gewesen, Vito aus dem Knast zu holen. Aber ebenso leicht würde sie ihn wieder hineinbringen, wenn er ihr nicht half. Vito war nicht irgendein Hacker. Er war der Chopin unter den Elektrospezialisten.

»Was wollen Sie?« knurrte Johnny gereizt.

»Wir suchen einen Spielbankbetrüger«, antwortete Miss Parker und gab Sydney ein Zeichen.

Sydney reichte Johnny ein Foto von Jarod.

»Mit *dem* Gesicht?« Johnny schaute das Foto verächtlich an und drückte es Miss Parker zwischen die verschränkten Arme. »Das ist kein Betrügertyp.«

Johnny griff nach der Autotür und wollte einsteigen. Miss Parker verstellte ihm den Weg und lehnte sich gegen die Tür.

»Er ist *jeder* Typ«, widersprach sie. »Suchen Sie ihn für mich.«

»Lassen Sie mich durch«, raunzte Johnny. »Ich will vorbei.«

»Sie haben keine andere Wahl«, erwiderte sie kühl und spielte einen weiteren Trumpf aus. »Denn mir ist zu Ohren gekommen, daß Sie morgen um drei eine Ladung gestohlener Autos verschiffen wollen. Und zwar nach Venezuela.«

Johnny schluckte, während sein Herz förmlich einen Sprung machte.

»Also, wenn Sie nicht wollen, daß sich der Zoll auf Ihrem Schiff umsieht . . .«, fuhr sie fort.

»Das wagen Sie niemals«, keuchte er.

»Wollen Sie wetten?« Ein seltsam verträumter und gleichzeitig bedrohlicher Blick trat in ihr Gesicht. »Fünfzigtausend für die Information – und keine Fragen, Johnny.«

Damit drückte Miss Parker ihm das Foto in die Hand und tänzelte selbstsicher zu Sydney zurück.

Jarod besuchte abends den King in seiner Garderobe. Der saß niedergeschlagen und gekränkt vor seinem Schminkspiegel. Jarod blieb in der Tür stehen und studiert das Gesicht des King. In seinen Augen war Leere, Lähmung, Resignation.

»He!« sagte Jarod betont fröhlich.

»Hallo«, seufzte der King. »Willkommen im Heartbreak Motel.«

»Was machen Sie hier?« fragte Jarod verwundert. »Sie müßten doch auf der Bühne sein.«

»O nein.« Der King deutete ein bitteres Lächeln an. »Der Vorhang ist gefallen für den King. Das Marquis hat mich gefeuert.«

»Tut mir leid«, sagte Jarod. »Hat das was mit dem Mann am Würfeltisch zu tun?«

»Dem Mann?« Der King goß sich ein Glas Bourbon ein und schüttelte den Kopf.

»Mit seiner Frau, um die Sie sich kümmern sollten?« bohrte Jarod weiter und setzte sich neben den King auf einen Stuhl.

»Nein.« Der King nahm einen tiefen Schluck aus dem Glas und schaute Jarod deprimiert an. »Nein, sie sagten, es hätte wegen der Show Beschwerden gegeben. Also hab' ich noch zwanzig oder dreißig Pfund zugelegt. Glauben Sie, es ist einfach, 'n Idol für Millionen zu sein?«

»Also, ich würde sagen – nein«, antwortete Jarod.

»Richtig, ist es nicht.« Der King nahm seine Elvis-Perücke und die falschen Koteletten ab und verwandelte sich wieder in den Niemand namens Bernie Baxley. »Ist sauschwer. Ich habe alles dafür gegeben. Weil ich es geliebt habe. Weil die Menschen es wollten. Ich wünschte, die Spielbankbonzen würden sich selbst nur mal 'ne Stunde das Kostüm anziehen. Nur eine Stunde! Ich sag' Ihnen was: Die würden dann ganz anders darüber denken. Ich schwör's.«

»Können Sie denn nicht in einem anderen Casino auftreten?« erkundigte sich Jarod.

»Nein, mein Freund«, seufzte Bernie. »Nachdem er vierundzwanzig Jahre lang die Menschen zum Lachen gebracht, die Lieder gesungen und die good vibrations verbreitet hat, ist für den King die Zeit abgelaufen. Wir hatten 'nen Höllenspaß.«

»Darauf wette ich«, bekräftigte Jarod.

»Hören Sie, es tut mir leid«, sagte Bernie. »Ich quatsch' Sie mit meinen Problemen voll und weiß nicht mal Ihren Namen.«

»Jarod Felson«, antwortete er.

»Bernie Baxley«, erwiderte Bernie

»Freut mich sehr, Mr. Baxley.« Jarod schüttelte ihm die Hand.

»Danke.« Bernie lächelte traurig. »Jarod? Ich habe Angst. Jarod, ich habe große Angst.«

»Wovor?« fragte er verwundert.

»Vor dem, was vor mit liegt«, antwortete Bernie.

Jarod stand auf und klopfte Bernie aufmunternd auf die Schulter. Mehr konnte er für seinen Freund nicht tun – im Moment jedenfalls nicht.

12. KAPITEL

Das Video

Das Center
Blue Cove
Delaware

Johnny und Vito wußten, daß Jarod irgendwann Verbindung mit Sydney aufnehmen würde. An diesem Morgen war es soweit. Jarod rief Sydney in seinem Büro an.

»Hallo, Sydney«, grüßte Jarod betont fröhlich.

»Schön, deine Stimme zu hören«, antwortete Sydney.

»Das freut mich, Syd.« Jarod spielte mit einer Kette Papiermenschen, die er ausgeschnitten hatte. »Ist wohl 'ne Weile her.«

»Woher rufst du an?« wollte Sydney wissen.

»Das wirst du früher oder später rausfinden«, antwortete Jarod, dem klar war, daß im *Center* momentan die Drähte heiß liefen, um den Anruf zurückzuverfolgen. »Ich rechne mit später.«

»Rechnest du damit, oder wettest du drauf?« hakte Sydney nach.

»Du bist so belesen.« Jarod lachte amüsiert. »Ich wette nicht. Ich genieße meine Freiheit, lese, was immer ich will, ohne daß einer Fragen stellt.«

»Wieso die Spielbank, Jarod?« bohrte Sydney weiter.

»Es ist in der Post«, entgegnete Jarod.

»Jarod?« rief Sydney in den Hörer.

Aber der hatte schon aufgelegt.

Für Jarod war es ein leichtes, einen Vegas-Polizisten zu simulieren und so am nächsten Morgen in den Besitz der Akte von Maggie Blaire zu gelangen. Sie enthielt alle Ergebnisse der polizeilichen Ermittlung. Nachdem er die Akte studiert hatte, traf er sich mit Morgan und Hanlon. Sie saßen an einem der kleinen, runden Tische neben dem Pool, frühstückten und schauten Jarod erwartungsvoll an.

»Ich habe Probleme, den Juli-Abschluß nachzuvollziehen«, erklärte er.

»Er arbeitet sogar an seinem freien Tag.« Auf Morgans Gesicht erschien ein kleines, verschlagenes Grinsen.

»Sie bezahlen mich, um Fehler aufzuspüren«, antwortete Jarod gelassen. »Denn im Vorjahr haben die Zahlen hier sehr differiert. Besonders im Juli.«

»Beachten Sie's nicht.« Morgan nippte an seinem Kaffee.

»Ich soll's nicht beachten?« Jarod begegnete Morgans Blick und wußte sofort, daß der andere ihm mehr als die halbe Wahrheit verheimlichte. »Ist das Ihr Ernst?«

»Nun, Jarod«, hob Hanlon in väterlichem Tonfall an. »Es gibt einen Grund für diese Abweichungen.«

»Eins unserer Showgirls ist in der Tiefgarage angegriffen worden«, fuhr Morgan fort. »Unsere Einnahmen sanken in nur drei Tagen um dreißig Prozent. Eine Abweichung von der Norm.«

»Von der grauenhaften Publicity ganz zu schweigen.« Hanlons Gesicht strahlte geradezu vor Großherzigkeit. Er lächelte Jarod entwaffnend an. »Zum Glück ist der Megabuster-Jackpot zwei Tage danach geknackt worden und die Leute kamen wieder. Manchmal hat sogar eine Spielbank Glück.«

Ivy stand jedesmal Todesängste aus, wenn sie nach Feierabend die Tiefgarage betrat. Schließlich war Maggie hier unten überfallen worden. Jetzt, um diese Uhrzeit, standen nur noch wenige Autos in den schummrigen Parktaschen. Jeder Schritt hallte unheimlich von den nackten Betonwänden zurück. Ivy genoß es deshalb sichtlich, daß Jarod sie zu ihrem Auto begleitete.

»Danke für die Begleitung, Mr. Felson«, sagte sie, während sie mit Jarod das halbdunkle Parkdeck durchschritt. »Keiner von uns geht mehr allein hier runter. Nicht, seit Maggie ...«

»Maggie ...?« Jarod spielte den Unwissenden. »War das die Frau, die überfallen wurde?«

»Genau«, bestätigte sie.

»Kannten Sie sie?« hakte Jarod nach.

»Na ja, ich hatte sie in der Show gesehen und auch hinter der Bühne und so«, antwortete Ivy.

»Laut Zeitungsberichten gab es keine Anzeichen für einen Raubüberfall«, bohrte Jarod weiter.

»Nein«, bestätigte Ivy. »An dem Abend, als es passierte, war die Show total ausverkauft. Es war der vierte Juli. Maggie war glücklich, überglücklich. Sie hatte für 'ne tolle Show 'n Engagement in Atlantic City gekriegt.«

»Maggie wollte die Stadt verlassen?« Jarod schaute seine Begleiterin überrascht an.

»Ja, sah so aus«, sagte sie und blieb vor einer leeren Parktasche stehen. »Wollte sie wohl. Ja. Es passierte genau hier. Gardenien.«

»Was haben Sie gesagt?« Jarod hatte das letzte Wort nicht richtig verstanden.

»Oh, Maggie trug immer eine Gardenie im Haar«, erklärte sie. »Ich weiß, es hört sich seltsam an, aber jedesmal, wenn ich hier vorbeigeh', könnte ich schwören, ich würde hier Gardenien riechen.«

Ivy ging zu einem offenen Firebird und öffnete die Tür.

»Danke«, sagte sie und stieg in den silbernen Sportwagen.

»Und fahren Sie vorsichtig.« Jarod winkte ihr kurz zu.

»Ja, klar doch. Ivy lächelte kurz zurück, gab Gas und brauste davon.

Jarod war allein auf dem Parkdeck. Er ging zu der Stelle zurück, wo Maggie überfallen worden war. Nein, er konnte hier keine Gardenien oder Blutflecke entdekken. Dafür entdeckte er aber etwas anderes. In einer dunklen Nische, nur wenige Meter entfernt, hing eine Überwachungskamera. Sie war genau auf ihn gerichtet.

Keiner der Sicherheitsbeamten beachtete Jarod, als dieser den Überwachungsraum betrat. Inspektionen dieser Art gehörten zu den Aufgaben des Sicherheitschefs.

Jarod ging zu einem dunklen Regal am hinteren Ende des Raumes. Darin wurden alle Videobänder aus den Überwachungskameras für mindestens ein Jahr verwahrt, bevor man sie wieder löschte.

Jarod brauchte genau zwölf Sekunden, dann fand er, was er suchte. Er zog das Videoband mit der Aufschrift: *»Oberes Parkdeck vom 4. Juli 1996«* heraus, legte es in den Videorekorder und setzte sich vor den Monitor.

Auf dem Bildschirm erschien ein Bild der Stechuhr, an der die Angestellten auf dem Weg zur Tiefgarage vorbei mußten. Sie schoben ihre Stechkarte in den Apparat und steckten sie dann in ein Wandfach. Die Qualität der Aufnahme war nicht besonders gut – zu langsam und grobkörniges Schwarzweiß – aber doch gut genug, daß Jarod Maggie erkannte. Es war kurz vor Mitternacht, als sie an den Parkautomaten trat. Sie stempelte ihre Stechkarte ab, steckte sie dann in die Wandaufhängung und ging Richtung Parkdeck.

Jarod drückte die Review-Taste und ließ die Szene noch einmal ablaufen. Kurz nachdem sie die Stechkarte in die Wandaufhängung gesteckt hatte, fror Jarod das Bild ein und zoomte die Stechkarte heran. Darauf standen groß Maggies Name und das Datum des betreffenden Tages. Es war der achtundzwanzigste April 1996.

Jarod verglich das Datum mit der Aufschrift auf der Videohülle. Zwischen den beiden Daten lag eine Differenz von fast zweieinhalb Monaten.

Es war später Abend, und Jarod saß in einem der Apartment-Bungalows, die zu dem Marquis-Casino gehörten. Hier waren die Angestellten untergebracht. Jarod blickte auf den Fernseher. Eben spielte er eine des DSR-Disketten ab, die er bei seiner Flucht aus dem *Center* hatte mitgehen lassen. In schwarzweißen Bildern verfolgte Jarod wieder eines der Simulations-Experimente, die Sydney im Jahr 1967 mit ihm durchgeführt hatte.

Doch etwas war damals anders gewesen. Jarod konnte den Unterschied noch nicht genau definieren. Zum einen war das Szenario unheimlicher, zum anderen war dort die Angst. Die Angst vor dem, was sich hinter einer Tür befand, die Jarod öffnen sollte.

»Es ist seltsam, Sydney«, sagte Jarod. »Es ergibt keinen Sinn. Ich habe geschafft reinzukommen. Sie hört mich nicht. Der Flur ist dunkel. Es riecht nach Blumen. Ich öffne die Tür.«

Zögernd legte Jarod die Finger um den Türknauf und drehte ihn um. Lautlos schwang die Tür auf.

»Wohin führt sie?« wollte Sydney wissen.

»In die Küche«, antwortete Jarod und ging weiter. »Ich komme näher.«

Er betrat das dahinterliegende Zimmer. Es war dunkel und nicht sehr groß. Alles sah sauber und ordentlich aus. Mittelpunkt des Raumes war ein Bett. Darauf lag eine sehr schöne, hellblonde Frau. Sie war nur mit einem Morgenmantel bekleidet und hatte die Augen geschlossen.

»Sie haben sie gezwungen, Dinge zu tun, die sie nicht tun wollte«, sagte Jarod wie in Trance. »Hat sie irgendwas verbrochen, Syd?«

»Geh weiter, Jarod«, befahl Sydney über Lautsprecher. »Konzentrier dich auf den Killer und nicht auf das Opfer.«

»Ist die Frau auf dem Bett ihr altes oder ihr neues Selbst?« Jarod betrachtete die schöne Frau verwirrt.

»Sie ist beides in einer Person«, erwiderte Sydney.

»Sie denkt anders darüber«, stellte Jarod anhand seiner Simulation fest.

»Du hast alles, was du brauchst, um die Simulation abzuschließen«, wollte Sydney das Experiment beenden.

»Aber ich weiß nicht, warum er hier ist.« Jarod kam mit der Rolle nicht klar, die er simulierte. War er ein Freund der Frau oder ein Killer? »Versucht er, Norma Jean oder Marilyn zu töten? Ich bin so verwirrt.«

»Beende die Simulation«, sagte Sydney scharf. Sie wußten jetzt, was sie wissen wollten. Marilyn Monroe war nicht Opfer eines Selbstmordes, sondern eines Mörders geworden.

»Aber das ist unfair!« protestierte Jarod. »Keiner sollte allein sterben müssen!«

Das Bild verdunkelte sich. Jarod schaltete den DSR-Rekorder aus. Nachdenklich betrachtete er das große Schwarzweißfoto aus der Polizeiakte. Das Foto zeigte Maggie nach dem Überfall. Mit geschlossenen Augen und zerschundenem Gesicht lag sie auf dem nackten Beton. Jarod streichelte mit den Fingerkuppen sanft über das Foto, als wolle er Maggies Verletzungen im nachhinein lindern. Den Blick unverwandt auf das Foto gerichtet warf er einen halben Dollar in die Luft und fing ihn auf. Kopf lag oben. Immer landete der Dime mit dem Kopf nach oben. Als ob es kein Zufall, sondern Schickal war, so wie Jarod das Schicksal für Maggies Mörder sein wollte.

Die nächsten Tage verliefen ereignislos. Jarod übte seinen Job als Sicherheitschef aus und versuchte nebenbei alles über den wahren Tathergang herauszufinden, der Maggies Leben ruiniert hatte. Immer, wenn er Morgans kalte Augen sah, mußte er an Maggie denken.

Abends begleitete Jarod das eine oder andere Showgirl in die Tiefgarage zu ihrem Auto. Dabei fragte er sie unauffällig aus. Doch niemand konnte ihm einen brauchbaren Hinweis geben, weshalb Maggie überfallen worden war.

Das Center
Delaware

Der langgestreckte Gebäudekomplex lag mitten auf einem tadellos gepflegten Rasen von zehn Morgen. Wie jeden Vormittag passierte der Postbote zahlreiche Sicherheitsvorkehrungen, ehe er zum Pförtner gelangte. Diesmal hatte er ein besonderes Paket dabei. Es war an Miss Parker und Sydney adressiert.

Die beiden befanden sich in Broots Büro, um letzte Details vor ihrem Abflug zu besprechen.

Neugierig stellte Sydney das Paket auf den Tisch und packte es aus. Darin befand sich ein quadratischer Käfig. Innen hing eines von Jarods kleinen Papiermännchen an einer Masche. Sydney und Broots starrten wie hypnotisiert darauf, doch sie konnten sich keinen Reim darauf machen, was es bedeuten sollte.

»Kommen Sie, Sydney!« Miss Parker stöckelte zur Tür. »Wir müssen das Flugzeug erreichen.«

Las Vegas

Es war Abend, und Jarod schlenderte an den Bungalows der Angestellten vorbei, die hinter dem Marquis-Casino standen. Bernie Baxley stand zwischen seinem Hausrat vor der Bungalowtür und wartete auf einen Möbelwagen.

»Sie packen zusammen?« fragte Jarod überrascht.

»Na ja, mobil sein ist alles«, antwortete Bernie. »Und wenn ich so darüber nachdenk', geh ich wohl nach Osten. Ich will's mal mit Branson versuchen. Vegas hat sich zu sehr verändert. Für 'nen alten Hund wie mich gibt's hier nichts mehr zu tun.«

Jarod hob eine Schneekugel auf, die auf einer Kiste stand und schüttelte sie. Schnee rieselte auf den King hinab, der in der Kugel stand.

»Oh, das ist ein . . . äh, offizielles Prachtstück aus der Graceland-Sammlung, mein Junge«, erklärte Bernie.

»Sieht zauberhaft aus«, meinte Jarod und gab Bernie die Kugel.

»Oh, Sie sollten sich sein Haus mal ansehen.« Bernie setzte sich auf eine Kiste und betrachtete versonnen die Schneekugel. »Na ja, der King hat es damals nach seiner Mama benannt. Die Leute sagen, Elvis hätte sich zum Schluß gehen lassen und daß ihm die Musik und die Menschen egal waren. Für mich war's genau umgekehrt.«

»Umgekehrt?« Jarod nahm neben Bernie Platz.

»Er hat sich zu sehr um alle gekümmert«, erwiderte Bernie. »Dabei ist er immerzu gelaufen. So schnell, daß er keine Reserven mehr hatte, um das Rennen zu beenden. Zu schade, daß ich es nicht für Elvis zu Ende laufen kann.«

»Man kann nie wissen, Bernie«, entgegnete Jarod. »Manchmal hat ein Ortswechsel auch seine Vorteile.«

»Möglich wär's«, seufzte Bernie und blickte zum Himmel, der genauso dunkel vor ihm lag wie seine ungewisse Zukunft.

Später fuhr Jarod noch ins Krankenhaus. Dort setzte er sich wieder an Maggies Bett und hielt ihre Hand. Wenn die Meßinstrumente nicht angezeigt hätten, daß ihre Atmung und ihr Herz noch funktionierten, hätte man sie auch für tot halten können.

»Alles in Ordnung, Maggie?« flüsterte Jarod, für den Fall, daß sie ihn doch hören konnte.

Maggies Atem stockte. Jarod drückte ihre Hand ein wenig fester. Sie atmete tief ein und wieder aus. Dann setzten ihr Herz und ihre Atmung aus. Die regelmäßigen Sinuskurven auf den Monitoren der Apparate wurden zu endlosen Strichen. Jarod weinte nicht, das hatte er an den vergangenen Abenden neben Maggies Krankenbett schon zu oft getan. Wie betäubt saß er da und hielt weiter ihre Hand. Es war eine zarte, kleine Hand, die viele Stiche von intravenösen Nadeln aufwies.

Jarod trauerte um einen Menschen, der viel zu jung

aus dem Leben gerissen worden war. Maggie lebte nun nur noch in den Gedanken derjenigen weiter, die sie gekannt hatten.

Miss Parker und Sydney trafen Johnny und Vito in einem kleinen, unauffälligen New Yorker Straßencafé.

»Also, wo ist er?« fragte die Frau ungeduldig und blieb vor Johnny stehen.

»Das kostet hundert Riesen«, antwortete Johnny gelassen.

»Das ist gegen die Vereinbarung«, brauste Sydney auf.

»Nein, ist es nicht.« Miss Parker griff in ihre Aktentasche, zog einen braunen Papierbeutel mit Geldscheinen heraus und legte ihn auf den Tisch.

Johnny zählte rasch das Geld, grunzte zufrieden und sagte: »Sie finden den Typ im Marquis Casino, in Vegas. Ist 'n Vergnügen, festzustellen, daß die weißen Westen doch nicht ganz sauber sind.«

Am Tag nach Maggies Beerdigung rief Jarod in dem Krankenhaus an, in dem Magie Patientin gewesen war.

»Krankenhausverwaltung«, meldete sich eine Frauenstimme am anderen Ende der Leitung. »Einen Augenblick bitte.«

»Ich möchte die angefallenen Kosten von Maggie Blair an Sie überweisen«, sagte Jarod wenig später der zuständigen Sachbearbeiterin.«

»Die Rechnung wurde bereits bezahlt«, erwiderte sie.

»Ist das wahr?« stieß Jarod erstaunt aus.

»Ja«, bestätigte die Frau.

»Können Sie mir sagen, von wem?« hakte Jarod nach.

»Sekunde . . .«, sagte sie. »Kitty Morgan.«

»Vielen Dank.« Jarod legte auf und überlegte, was Kitty Morgan mit Maggie zu tun haben mochte.

Kitty Morgan war mit einem Taxi zum Friedhof gefahren. Sie trug eine dunkle Sonnebrille und einen schwarzen Hut. Sie holte tief Luft, aber das merkwürdige Gefühl im Magen blieb. Langsam ging sie über den Friedhof. Vor Maggies frischem Grab blieb sie stehen. Sie senkte den Kopf und wischte sich eine Träne ab. Plötzlich hörte sie Schritte hinter sich. Sie fuhr herum und sah Jarod vor sich stehen.

»Ich wußte, daß Sie herkommen würden«, sagte er leise.

»Ich wollte ihr die letzte Ehre erweisen«, antwortete sie.

»Sie haben auch Maggies Krankenhausrechnung bezahlt«, fuhr er fort. »Und diese Beerdigung. Ich habe das Videoband entdeckt. Die Überwachungsaufzeichnung von der Nacht des Überfalls, die Ihr Mann wohlweislich der Polizei vorenthalten hat. Es zeigt, wie Maggie zusammen mit Ihrem Mann das Marquis verläßt. Sie hatten eine Affaire, stimmt's?«

»Wer sind Sie?« Kitty schluckte nach Luft.

»Jemand, der glaubt, daß Maggie dieses Ende nicht verdient hat«, antwortete Jarod ernst.

»Ich weiß nicht, wovon Sie sprechen«, erwiderte sie kurz angebunden.

Statt zu antworten griff Jarod nach ihrer Sonnenbrille und zog sie ab. Kittys linkes Auge war dick verquollen und blaugelb verfärbt.

»Er schlägt sie also immer noch«, murmelte er.

»Sie verstehen das nicht«, stammelte sie. »Er will mir nicht weh tun.«

»Doch, das will er«, widersprach Jarod energisch und gab ihr einen Ausdruck aus dem Polizeicomputer, in den er sich letzte Nacht eingehackt hatte. »Das ist das Vorstrafenregister Ihres Mannes. Sie sind nicht die erste, die er verletzt hat. Und wenn ihn keiner aufhält, wird Maggie nicht die letzte Person sein, die er tötet. Ich bin hier, weil ich Ihnen helfen will. Ich kann ihn aufhalten, wenn Sie mir helfen.«

»Nein, nein, das kann ich einfach nicht tun.« Kitty starrte wie hypnotisiert auf die Papiere und mußte sich auf eine der Steinbänke setzen. »Verstehen Sie, als ich ihm sagte, daß Maggie tot ist und daß ich wüßte wie es passiert ist, drehte er durch. Er sagte, er bringt mich um, wenn ich es jemandem sage. Und dann hat er mich wieder brutal geschlagen ... und wieder und wieder ...«

»Und wieso hat er aufgehört?« unterbrach Jarod sie und nahm neben ihr Platz.

»Das Telefon hat geklingelt«, antwortete sie.

»Aber eines Tages wird das Telefon nicht klingeln«, entgegnete Jarod eindringlich.

Abends traf Jarod erneut auf Kitty. Sie wartete vor dem Casino auf ihn. Aus dem Kofferraum ihres Autos holte sie eine Videokassette, gab sie Jarod und fuhr ohne eine Erklärung davon.

Nach Dienstschluß schaute sich Jarod die Kassette in seinem Apartment an. Auf dem Bildschirm sah er Morgan und Maggie. Sie standen genau an der Stelle, wo die Polizei Maggie später bewußtlos und zusammengeschlagen gefunden hatte. Die beiden stritten heftig miteinander. Morgan hielt das Mädchen an den Armen fest. Maggie versuchte sich loszureißen, aber Morgan ließ sie nicht los.

Jarod schaute das Band bis zu Ende. Dann rief er Hanlon an.

»Mr. Hanlon, Jarod Felson«, sagte er, während er die Videokassette in einen braunen Briefumschlag steckte. »Ich habe hier ein ernstes Problem entdeckt und würde gern darüber reden . . ., mit Ihnen persönlich. Sagen wir morgen gegen zehn?«

Nachdem der Termin feststand, klebte Jarod den Briefumschlag zu und telefonierte erneut.

»Ivy, hier ist Felson«, sagte er in den Hörer. »Können Sie mir vielleicht einen Gefallen tun? Ich würde gerne den Stand meines Kontos erfahren.«

Danach erledigte Jarod den letzten Anruf für diese Nacht. Er rief Morgan an, der noch im Casino arbeitete.

»Ich bin schon wieder einem Problem auf der Spur«, meldete Jarod. »Es ist noch größer als das vorige.«

»Schon wieder Davis?« fragte Morgan gereizt.

»Nein, aber es ist ernst«, antwortete Jarod. »Etwas, das Sie in die Hand nehmen sollten . . ., persönlich. Können wir uns morgen früh treffen? Etwa um zehn?«

Jarod beendete das Gespräch und klebte den Adreßaufkleber auf den Umschlag mit der Videokassette. Er schickte sie an das Las Vegas Police Department.

Danach hackte Jarod sich mit einem Laptop in die Datenbank des Casinos und transferierte einige größere Summen von dort auf Morgans Konto. Er manipulierte zahlreiche Überweisungen so, als ob sie schon seit Jahren getätigt worden waren. Dann machte er Ausdrucke davon, faltete das brisante Material sorgfältig zusammen und steckte es in einen Briefumschlag, den er an Hanlon adressierte.

13. KAPITEL

Zahl verliert

Am nächsten Morgen stattete Jarod Bernie einen Besuch ab. Bernie war mittlerweile in einen Wohnwagen umgezogen.

Schlaftrunken, nur mit Unterhemd und Hose bekleidet, öffnete Bernie die Tür.

»Welche Größe haben Sie?« fragte Jarod.

»Was?« Bernie blinzelte verwirrt in die Morgensonne.

»Welche Größe Sie tragen«, wollte Jarod wissen.

»Äh . . ., zweiund . . . zweiundfünfzig«, stotterte Bernie mit belegter Zunge.

Jarod bedankte sich mit einem freundlichen Lächeln und ging wieder zu seinem Bungalow zurück.

Das spanische Zimmermädchen wollte gerade sein Bett machen. Aber wie an den Tagen war es unbenutzt.

»Señor Jarod . . .«, sagte sie streng. »Sie haben fünf Nächte nicht geschlafen, hm?«

»Zuviel zu tun, Blanca«, antwortete er freundlich. »Der Tag ist nicht lang genug.«

Er setzte sich auf das Bett, nahm das Kinderbuch von der Kommode und zeigte Blanca das Bild von dem Mann mit dem gelben Hut.

»Haben Sie dieses Buch gelesen?« fragte er.

Sie nickte. »Ja, sehr oft. Ich habe fünf Kinder.«

»Ausgezeichnet, Blanca«, freute sich Jarod. »Wer ist der Mann mit dem gelben Hut?«

Sie schüttelte traurig den Kopf. »Ich weiß es nicht, Señor, ich weiß es nicht.«

»Danke«, sagte er enttäuscht. »Blanca?«

»Ja?« Blanca war schon auf dem Weg zur Tür.

»Würden Sie mir einen Gefallen tun?« Jarod gab ihr den Briefumschlag mit der Videokassette, damit sie ihn zur Polizei brachte.

Jarod traf Morgan im Casino. Um diese Zeit war noch nicht viel los hier. Nur vereinzelt standen Gäste an Spielautomaten und forderten ihr Glück heraus.

»Kommen Sie, Peter«, sagte Jarod und schritt mit Morgan im Schlepptau quer durch die Spielhalle. »Wir haben nicht viel Zeit.«

»Um was geht's denn?« wollte Morgan wissen.

»Es geht um hundert Riesen, die aus dem Casino gewandert sind«, antwortete Jarod. »Direkt vor Ihrer Nase.«

Unterdessen war Hanlon auf dem Weg zu seinem Büro. Er fühlte sich nicht besonders. Zuviel Streß in letzter Zeit.

Ivy paßte ihn auf dem Weg zum Aufzug ab. Sie gab ihm den braunen Briefumschlag mit den gefälschten Überweisungsausdrucken, die Morgan als Betrüger dastehen ließen.

»Mr. Hanlon«, sagte sie, »von Jarod. Er sagt, er kommt zum Sicherheitsausgang, sobald er kann.«

Jarod lotste Morgan an den Spielautomaten vorbei und weihte ihn dabei in seine Erkenntnisse ein.

»Irgend jemand hat die Barauslagen doppelt verrechnet«, log er. »Nach dem, was ich rausgefunden habe, werden jeden Dienstag über hundert Riesen unterschlagen und bar abgeholt.«

»Steckt Davis noch immer dahinter?« zischte Morgan verärgert.

»Ich bin nicht sicher«, entgegnete Jarod. »Das schafft nicht einer allein. Veruntreuung mittels eines bewaffneten Geldkuriers. Bei jeder Einzahlung von dreihunderttausend Dollar werden weitere hundert Riesen irgendwoanders abgeliefert. Wenn wir die Täter weitermachen lassen, finden wir vielleicht raus, wo das ist. Und wir können alle zusammen, die das Marquis betrügen, dingfest machen.«

»Warum erzählen Sie das nicht einfach den Cops?« wunderte sich Morgan.

»Peter . . ., überlegen Sie«, forderte Jarod eindringlich. »Wenn Sie die Sache aufklären, dann werden Sie für Mr. Steve Hanlons der Held sein.«

Morgan preßte die Hände zusammen. Ein Held wollte er schon gerne sein, aber er hatte es hier augenscheinlich mit Schwerkriminellen zu tun.

Morgan riß sich zusammen. Er konnte es schaffen. Er mußte nur den Mut dazu aufbringen. Er atmete tiefer, seine Hände beruhigten sich. Mumm, das war es, was er jetzt benötigte. Mumm! Morgans Knie waren zwar butterweich, aber er ging tapfer zum Hinterausgang, um die Betrüger zu entlarven.

Zur gleichen Zeit verließen Miss Parker, Sydney und eine Handvoll *Center*-Agenten das Flughafengebäude von Las Vegas. Miss Parker stieg in das nächstbeste Taxi.

»Zum Marquis«, sagte sie knapp. »Schnell!«

Jarod blieb nicht mehr viel Zeit, seinen Plan in die Tat umzusetzen.

»Warum ich?« fragte Morgan skeptisch.

»Ich bin neu hier«, antwortete Jarod und hoffte, daß es einigermaßen logisch klang. »Niemand wird mir trauen. Es ist besser, wenn der Kurier durch den Chef des Casinos empfangen wird.«

Morgan gingen tausend Gedanken durch den Kopf, als er zum Hintereingang ging, wo jeden Moment der Geldtransport eintreffen mußte, um die Einnahmen des Casinos zur Bank zu bringen.

»It's Showtime.« Jarod schaute zu einer der Überwachungskameras, die überall angebracht waren. Sie spielten bei seinem Plan eine entscheidende Rolle. Denn Hanlon, der gerade die gefälschten Überweisungsausdrucke gelesen hatte, überwachte die Geldverladungen persönlich über den Monitor in seinem Büro. Und was er diesmal sah, gefiel ihm überhaupt nicht. Was hatte Morgan bei dem Transporter zu suchen?

»Wo ist Mr. Davis?« erkundigte sich ein Wachmann, der in Wahrheit Bernie Baxley war. Jarod hatte ihm eine passende Uniform und einen Sicherheitsausweis des Casinos besorgt.

»Mr. Davis hat auf mehrere Arten eng mit mir zusammengearbeitet«, log Morgan, damit der vermeintliche Gangster keinen Verdacht schöpfte. »Ich bin Peter Morgan. Ich leite das Marquis. Sie müssen alles so lassen, wie es immer war, verstanden?«

»Es läuft alles nach Plan«, versicherte Bernie.

»Liefern Sie den Überschuß ab, wie immer«, befahl Morgan, der seine Rolle überzeugend spielte. »Den Rest zahlen Sie bei der Bank ein. Bis nächsten Dienstag.«

Morgan drehte sich um und ging ins Casino zurück.

»Okay«, rief Bernie ihm hinterher.

Jarod trat aus einem Seiteneingang und zwinkerte Bernie zu. Bernie, danke vielmals, dachte er.

Bernie zwinkerte zurück und stieg in den Transporter.

Jarod kehrte ins Casino zurück, wo Morgan nervös wartete.

»Das war aufregend«, erzählte Morgan auf dem Weg zum Aufzug. »Der Kerl hat alles geschluckt, was ich ihm gesagt habe.«

»Er muß ein ziemlicher Narr sein«, meinte Jarod und betrat die Liftkabine.

Während sich die Lifttür hinter Jarod und Morgan schloß, flog die Eingangstür des Casinos auf. Miss Parker und Sydney traten ein.

»Findet ihn«, befahl die Frau den nachrückenden Agenten, die sofort nach allen Seiten ausschwärmten.

Jarod und Morgan betraten das Büro des Sicherheitsdienstes. Vor der Monitorwand stand Hanlon und wartete. Sein Gesichtsausdruck verhieß nichts Gutes.

»Steve, ich wußte gar nicht, daß Sie im Büro sind«, wunderte sich Morgan. »Sie glauben nicht, was ich eben machen mußte.«

»Wollen wir wetten?« knurrte Hanlon mit drohendem Unterton und gab einem der Sicherheitsmänner ein Zeichen. Der Mann ließ eine Videoaufzeichnung ablaufen. Auf dem Monitor erschienen Morgan und Bernie vor dem Geldtransporter.

»Es läuft alles nach Plan«, versicherte Bernie gerade.

»Liefern Sie den Überschuß ab, wie immer«, antwortete Morgan ihm. »Den Rest zahlen Sie bei der Bank ein. Bis nächsten Dienstag.«

»Steve, ich habe das Geld nicht wirklich genommen.« Morgan lachte, als sei das alles ein großartiger Jux.

»Wir . . . wir . . .« Morgan deutet auf Jarod, der an der Tür stand und die Szene interessiert verfolgte.

Hanlon machte eine abweisende Bewegung.

»Es verschwinden große Mengen Bargeld aus diesem Casino«, sagte er mit leicht zitternder Stimme.

»Ich weiß, und . . . äh, wir . . .!« Morgan deutete wieder auf Jarod.

»Und es gehen große Geldsummen auf Ihr Schweizer Nummernkonto«, fuhr Hanlon fort und zeigte ihm die von Jarod gefälschten Überweisungsausdrucke.

In Morgan stieg nackte Angst auf. Er biß sich auf die Unterlippe und blätterte die Überweisungen durch. Jede trug seine – von Jarod perfekt gefälschte – Unterschrift.

»Hören Sie, ich habe kein Konto in der Schweiz«, sagte Morgan so ruhig, wie es ihm möglich war.

»Banküberweisungen über vier Komma sechs Millionen Dollar«, schleuderte Hanlon ihm entgegen. »Das ist doch Ihre Unterschrift, oder?«

Morgan warf einen raschen Blick auf die Unterschrift, die so perfekt war, daß er sie selbst nicht als Fälschung identifizieren konnte.

»Ich wußte es.« Morgan und drehte sich zu Jarod um. »Sagen Sie's ihm. Sagen Sie ihm die Wahrheit!«

»Tut mir leid, Mr. Hanlon«, sagte Jarod mit aufrichtigem Bedauern. »Entschuldigen Sie, daß ich nicht früher dahintergekommen bin. Die Berechnungen belaufen sich außerdem eher auf vier Komma acht.«

Morgan funkelte Jarod voller Haß an. Tränen der Wut sammelten sich in seinen Augen. Die Nerven in seinem Gesicht zitterten und zuckten.

»Von Anfang an wußte ich, Sie bereiten einem nur Ärger«, blaffte er Jarod an. Dann wandte er sich in einem letzten, verzweifelten Appell an Hanlon.

»Steve, ich habe nichts getan, ich ...«, er stockte. Hanlons abweisender Blick ließ ihn verstummen.

Morgan stürzte sich auf Jarod. Aber die beiden Sicherheitsbeamten waren schneller. Sie rissen ihn zu Boden.

»Verdammt«, jammerte er. »Ich habe nichts damit zu tun!«

Jarod beugte sich ganz nah zu Morgan herunter, so daß nur er ihn hören konnte, und flüsterte: »Das hatte Maggie Blair auch nicht.«

Morgan erbleichte schlagartig. Wie gelähmt kniete er da. Er stierte Jarod fassungslos an und suchte in seinem Kopf nach etwas, was er sagen konnte. Aber er konnte keinen klaren Gedanken mehr fassen. Sein Hirn stand in Flammen.

Jarod drehte sich um und ging ruhig zur Tür hinaus. Einer der Sicherheitsmänner versetzte Morgan einen Schlag in den Magen. Ein weiterer Schlag landete in seinem Gesicht. Benommen und blutend sackte Morgan auf dem Boden zusammen.

Jarod trat auf den Flur hinaus. Ein dunkelhäutiger Kommissar hielt ihm eine Polizeimarke entgegen. »Detective Henson, Morddezernat«, stellte er sich vor. »Wo finde ich ... Morgan?«

Zwei kräftige Polizisten in Uniform bauten sich hinter dem Kommissar auf.

»Oh, der hat gerade eine Besprechung.« Jarod deutete mit dem Kopf zur Tür, aus der er gerade gekommen war, und lächelte süffisant. »Schätze, es geht um eine Gehaltserhöhung.«

Die Polizisten betraten das Büro des Sicherheitsdienstes und nahmen Morgan wegen Mordes an Maggie Blaire fest.

Jarods Aufgabe in Las Vegas war erfüllt. Gut gelaunt durchquerte er das Spielcasino, um im Bungalow seine Sachen zu packen. Inzwischen herrschte in den Spielhallen schon lebhafter Betrieb. Deshalb sah Jarod Miss Parker und Sydney diesmal erst, als es fast zu spät war.

»Jarod!« schrie Sydney. »Jarod, bleib stehen, bitte! Du kannst nicht mehr weglaufen. Es lohnt sich doch nicht!«

Jarod hatte keine Zeit für Konversation. Er rannte an den Spielautomaten vorbei zu einem der Seitenausgänge.

»Hinterausgang besetzen!« rief Miss Parker zwei *Center*-Agenten zu.

Jarod sprintete quer durch die Halle. Aber alle Seitenausgänge waren von Agenten gesichert. Er änderte die Fluchtrichtung, machte kehrt und rempelte eine Dame an, die vor einem »Einarmigen Banditen« stand. Vor einem anderen Automaten stauten sich die Spieler. Auch hiergab es kein Durchkommen. Langsam wurde Jarod klar, daß er in der Falle saß. Daß das hier der Ort war, wo man ihn erwischen würde. Nach Möglichkeit lebend. Doch Jarod wußte, daß Miss Parker keine Skrupel kannte und notfalls auch schießen würde.

Jarods Atem ging schwer, sein Mund wurde trokken. Seine letzte Hoffnung war der Hinterausgang. Kein Agent weit und breit zu sehen. Jarod rannte hinaus ins grelle Tageslicht, zu einer Treppe, die in einen kleinen Park führte. Am Fuß der Treppe warteten zwei *Center*-Agenten und richteten ihre Waffen auf ihn. Miss Parker und Sydney blieben hinter Jarod stehen und versperrten so den letzten möglichen Fluchtweg.

»Mein Glückstag.« Miss Parkers lächelte.

Jarod lächelte zurück. Doch in seinem Lächeln lag etwas, was Sydney nicht gefiel. Jarod hatte noch eine einzige Trumpfkarte – in Form des Casino-Sicherheitsdienstes. Sie kannten ihn als ihren Chef, während Miss Parker und ihre Bluthunde für sie Unbekannte waren.

Dann ging alles sehr schnell. Vier Angestellte des Casino-Sicherheitsdienstes postierten sich auf der Wiese hinter den *Center* Agenten und hielten sie mit gezückten Pistolen in Schach. Ein fünfter Sicherheitsmann packte Miss Parker am Arm und hielt sie entschlossen fest.

»Mr. Felson?« erkundigte er sich. »Gibt's Probleme?«

»Ja, gibt es«, antwortete Jarod ruhig. »Die Typen haben gerade versucht, beim Roulette zu betrügen. Rufen Sie die Polizei und lassen Sie sie verhaften.«

»Loslassen«, schrie Miss Parker. »Und zwar sofort!«

»Sie sollten eine Leibesvisitation machen«, schlug Jarod vor. »Vielleicht hat sie ein paar Jetons versteckt.«

»Oh, Sie Bastard!« Die Frau bedachte Jarod mit einem vernichtenden Blick.

»Ich mach' nur meinen Job, Ma'am«, sagte Jarod im Brustton des Bedauerns. »Ich bin der Sicherheitschef.«

»Ich werde Sie kriegen«, versprach sie ihm.

»Wollen Sie drauf wetten?« Jarod schnippte einen halben Dollar in ihre Richtung. Mit ihrer freien Hand fing Miss Parker ihn auf. Zahl lag oben. Sie hatte verloren.

»Kommen Sie!« Der Sicherheitsmann zerrte die Agentin ins Casino zurück.

Nachmittags besuchte Jarod ein letztes Mal Maggie Blaires Grab. Er legte einen Kranz auf ihre Ruhestätte. Seine Mission in Las Vegas war erfüllt.

An diesem Morgen lebte der King wieder. Bernie Baxley hatte sich Jarods Worte durch den Kopf gehen lassen und war zu dem Schluß gekommen, daß Elvis unsterblich war. Wenn ihn Las Vegas nicht mehr wollte, bitteschön. Es gab ja noch den Rest der Welt.

Der King saß in seinem roten, offenen Cadillac und las die Überschrift der Morgenzeitung: CASINOBOSS DES MORDES AN SHOWGIRL VERDÄCHTIGT. Darunter war Morgans Foto abgedruckt.

Gleich daneben stand ein Artikel mit dem Titelzug: BEWAFFNETE BETRÜGER EINES SICHERHEITSTRANSPORTERS ERBEUTEN VIER MILLIONEN DOLLAR. Einen Großteil des Geldes hatte Jarod Maggies Angehörigen zukommen lassen. Von seinem Anteil hatte sich Bernie den Cadillac gekauft. Der Rest reichte immer noch für ein sorgenfreies Leben.

Der King warf die Zeitung aus dem Auto, gab Gas und fuhr Richtung Reno davon.

Zur gleichen Zeit waren Miss Parker und Sydney

wieder auf freiem Fuß. Sie durchsuchten Jarods Bungalow, fanden aber keinerlei Hinweis darauf, wohin er abgetaucht war.

Am wenigsten hätten sie ihn in einem kleinen, unbedeutenden Land in Südamerika gesucht. Mit einem spanischen Helfer fuhr Jarod an den Rand des Dschungels. Auf der Ladefläche ihres Lastwagens stand ein kleiner Käfig mit einem gefangenen Schimpansen.

Jarod hielt und stieg aus. Er ging zu dem Schimpansen, öffnete den Käfig und nahm das Tier auf den Arm.

»Señor Sydney?« fragte der Helfer.

»Digame?« Jarod setzte den Schimpansen im Gras ab. »Ja, bitte?«

»Sie werden ihn also wirklich wieder freilassen, he?« fragte er weiter.

»Das hab' ich vor.« Jarod ließ den Affen los. In Windeseile stob das Tier in die Freiheit des Dschungels davon. »Kein Lebewesen sollte in Gefangenschaft leben.«

14. KAPITEL
Sloane & Partner

Jarod lag im Bett und schlief. In seinen Träumen war er wieder der kleine Junge, der ein Zuhause hatte. Gegenstände, die er als kleiner Junge geliebt hatte, tauchten auf und verschwanden wie in einem bunten Kaleidoskop. Jarod lachte, wie nur kleine Kinder lachen konnten, und lief durch einen Garten voller Sonne und Glanz. Er rief etwas. Worte kamen aus seinem Mund und flogen ungehört mit dem Wind davon. Die Welt um ihn herum bestand nur aus Dingen, an die er sich noch vage erinnern konnte. Ein Teddybär, ein Schaukelpferd, ein großes, schönes Haus, vor dem ein alter Kirschbaum stand, und seine Mutter. Sie stand mit dem Rücken zu ihm und hängte Wäsche auf eine Leine.

»Hallo, Jarod«, sagte sie, drehte sich nach ihm um und nahm ihn in die Arme.

»Ma?« Jarod versuchte das Gesicht seiner Mutter zu erkennen. Doch es war nur ein verschwommener, von Haaren umrahmter Fleck.

»Was hast du gesagt? Ich kann dich nicht verstehen. Ma? Ma?!«

Hier brach alles ab, und Jarod kehrte in die Realität zurück.

Er setzte sich im Bett auf. Wenn er sich anstrengte, konnte er noch die Stimme aus dem Traum hören.

Gegen vier Uhr morgens riß ein Anruf Sydney aus dem Schlaf. Broots, der Cheftechniker, bat ihn in die Zentrale des *Centers*. Sydney schlüpfte rasch in seine Kleider. Er ahnte, daß es etwas mit Jarod zu tun haben mußte.

»Er ruft alle zwei Minuten an, wie ein Uhrwerk, aber er will nur mit Ihnen sprechen.« Broots saß an einem Comuter und streifte einen Kopfhörer über. »Er ist jetzt auf Ihrem Apparat, okay? Ich stelle ihn durch.«

»Welche Leitung?« Sydney zückte sein Handy.

»Oh . . . äh, finden Sie nicht, wir sollten auf Miss Parker warten?« fragte Broots besorgt.

»Nein, wir machen es ohne sie«, antwortete Sydney bestimmt.

»Sydney, sie . . . sie wird mich umbringen«, entgegnete Broots.

»Welche Leitung?« fragte Sydney erneut.

»Zwei«, antwortete Broots. »Aber halten Sie ihn in der Leitung, solange Sie können. Ich versuche, ihn zu orten.«

»Hallo, Jarod«, sagte Sydney in sein Handy.

»Ich hatte wieder diesen Traum«, erklärte Jarod statt einer Begrüßung.

»Geht es dir gut?« erkundigte sich Sydney.

»Reden Sie weiter mit ihm«, flüsterte Broots. »Wir haben ihn fast.«

Im nächsten Augenblick ließ ein durchdringender Ton Sydney und Broots zusammenfahren.

»Sag Broots, ich hab' den Abhörschutz entdeckt«, sagte Jarod.

Broots schleuderte verärgert seinen Kopfhörer in die Ecke und schmollte.

»Es ist seltsam«, fuhr Jarod fort, »unter Heimweh zu leiden, wenn man nicht weiß, wo seine Heimat ist.«

»Dein Zuhause ist bei uns hier, Jarod«, antwortete Sydney. »Du warst niemals für die Außenwelt bestimmt.«

»Erspar mir das dumme Geschwafel, Sydney«, bat Jarod. »Irgend jemand beim *Center* weiß, wer ich bin. Ich will die Wahrheit wissen.«

»Ich bin sicher, wir können das Thema erörtern, wenn du zurückkommst und deine Arbeit wieder aufnimmst«, versprach Sydney.

»Ich wünschte, ich könnte dir glauben«, seufzte Jarod.

»Was du glaubst oder nicht glaubst, darum geht es hier doch nicht«, drängte Sydney weiter.

»Worum dann?« wollte Jarod wissen.

»Um die digitalen Simulationen, die du gestohlen hast«, erklärte Sydney. »Sie beinhalten die einzig existierenden Aufzeichnungen über fünfundzwanzig Jahre Forschungsarbeit. *Das Center* . . ., ich will sie wiederhaben.«

»Vielleicht könnten sie . . . könntest *du* einen Handel in Betracht ziehen«, schlug Jarod vor und warf einen Blick auf seine Nachttisch-Uhr. »Ein Stück meiner Vergangenheit gegen ein Stück von deiner. Sydney, irgendwann telefonieren wir wieder. Ich komme schon zu spät.«

»Zu spät?« wiederholte Sydney verwundert.

»Wofür?«

Doch Jarod hatte bereits aufgelegt.

Jarod traf an diesem Morgen seinen ersten Klienten. Seit heute war er offiziell frischgebackener Junior-Partner bei Sloane & Partner. Seine gefälschten Zeugnisse wiesen ihn als Jarod Holmes und als einen der erfolgreichsten Harvard-Absolventen seines Jahrganges aus. Dank seiner Simulationsfähigkeit wußte Jarod innerhalb kurzer Zeit alles, was ein Anwalt wissen mußte. Die Kanzlei von Sloane & Partner nahm die drei oberen Stockwerke eines achtzehnstöckigen Hochhauses in der Innenstadt in Beschlag. Sloane & Partner war seit Jahren mit Abstand die berühmteste und erfolgreichste Anwaltskanzlei der Stadt.

Jarod wartete in der Eingangshalle und begrüßte dort seinen ersten Klienten.

»Mr. Holmes?« Eine dunkelhäutige, stark geschminkte Dame sprach Jarod an. Sie war fast einsneunzig groß, hatte schulterlanges lockiges Haar und war mit einem Kostüm bekleidet, das tiefe Einblicke auf kräftige Brustmuskeln gewährte, die eines Catchers würdig gewesen wären. Einen Transsexuellen hatte Jarod während seiner Isolation im *Center* nie zu Gesicht bekommen. Deshalb war er über die Maskerade ein wenig überrascht.

»Isaac«, stellte sich sein Klient vor und zog die weißgeränderte Sonnenbrille ab.

»Mister Dexter?« stotterte Jarod einigermaßen verwundert.

»Heh, stimmt was nicht?« fragte Isaac.

»Sie sind ein Mann«, stellte Jarod fest.

»Als ich zuletzt nachgesehen habe, war's wohl so«, bestätigte Isaac.

»Aber Sie kleiden sich wie eine Frau«, fuhr Jarod fort.

»Hat Ihnen das niemand gesagt?« fragte Isaac überrascht.

»Nein«, gestand Jarod.

»Hören Sie, ich weiß, Sie kennen mich nicht, und ich geb' zu, ich bin schon etwas Besonderes«, sagte Isaac. »Doch wenn Sie mir nicht helfen, dann buchtet man mich ein, schneller als Sie ›Coco Chanel‹ ausgesprochen haben. Ich habe nichts getan. Die Männer wollten mich umbringen. Ich hab' mich nur gewehrt, das war's. Wenn Sie mich hängen lassen, bin ich tot. Die bringen mich um.«

»Keine Sorge . . . ähem, Mr. Dexter«, erwiderte Jarod. »Ich halte zu Ihnen.«

»Danke.« Isaac atmete erleichtert durch. »Oh, ich wußte, daß Sie 'n prima Kerl sind. Ich kann's an Ihren Augen sehen.«

»Hier.« Jarod reichte Isaac ein Taschentuch. »Ihre Wimperntusche ist verlaufen.«

»Oh.« Isaac nahm das Taschentuch und tupfte seine Wange ab. »Seit wann sind Sie schon Anwalt?«

»Seit etwa . . .« Jarod schaute auf seine Armbanduhr. »Sieben Minuten.«

Isaac starrte Jarod wie vor den Kopf geschlagen an. Als er sich von dem Schreck erholt hatte, war Jarod schon fast am Ausgang. Isaac sprintete auf seinen Stökkelschuhen hinter ihm her.

Eine halbe Stunde später erreichten sie den Gerichtssaal. Zwei Stunden später wurde Isaac freigesprochen.

Nach dem Prozeß fuhr Jarod zur Kanzlei zurück. Die Flure und Büros waren alle lichtdurchflutet und boten einen prachtvollen Ausblick auf die Stadt. Am Ende des Korridors führte eine Glastür geradewegs in Mr. Sloanes Büro. Sloane war Mitte Sechzig und Chef der Kanzlei. Er saß lässig hinter seinem Schreibtisch und begrüßte Jarod.

»Jarod, bitte treten Sie ein«, sagte er jovial.

»Wir wollten die ersten sein, die Ihnen zu ihrem heutigen Sieg im Gerichtssaal gratulieren«, meinte Dumont, der lässig am Fenster lehnte. Bradley Dumont war Seniorpartner, was für einen Mann Anfang Vierzig ziemlich ungewöhnlich war. Er war groß, hatte ein fleischiges Gesicht und seine kurzgeschnittenen Haare mit Gel nach hinten gekämmt.

»Das war Anfängerglück.« Jarod lächelte bescheiden.

»Wir haben gehört, ihre Mandantin sieht sehr gut aus«, meinte Dumont und grinste süffisant. »Nun, das war doch wirklich ein Glück, oder?«

»Lassen Sie sich von Bradley nicht ärgern«, sagte Sloane und lehnte sich mit den Ellbogen auf dem schwarzglänzenden Schreibtisch auf. »Alle Juniorpartner kriegen beim ersten Mal einen haarsträubenden Fall. Es ist eine Ehre, unschuldige arme Menschen vor dem Gefängnis zu bewahren.«

»Sogar, wenn sie Chiffon tragen«, fügte Dumont spöttisch hinzu.

»Mr. Dumont«, meldete Annie, eine hübsche, dunkelhaarige Sekretärin. »Michael Metzger wartet am Empfang.«

»Danke, Annie.« Dumont ging zur Tür. »Gott sei Dank ein Klient, der weder arm noch unschuldig ist.«

»Apropos arme unschuldige Menschen«, sagte Sloane. »Ist der Schriftsatz für die Berufung im Whittaker-Fall fertig?«

»Ben, ich verbringe siebzig Stunden die Woche mit dem Metzger-Fall«, stöhnte Dumont. »Damit habe ich genug am Hals.«

»Dumont ist vor Gericht ein scharfer Hund«, erklärte Sloane Jarod halb im Scherz. »Aber manchmal vergißt er, wer sein Brötchengeber ist.«

»Okay, ich werd' das in die Hand nehmen, Sir«, sagte Dumont genervt und wandte sich dann an den neuen Junior-Partner. »Oh, Jarod, falls es Sie interessiert ... äh, also bei Collins ist in der Dessous-Abteilung gerade Ausverkauf. Bis dann, Tiger.«

Dumont stapfte aus dem Büro, und Jarod wandte sich wieder Sloane zu.

»Jarod, machen Sie so weiter.« Sloane nahm sein Diktiergerät und schaltete es ein. Ein Zeichen für Jarod, daß das Gespräch beendet war.

»Ich werde mir Mühe geben, Sir«, versprach er und verließ das Büro.

Er hörte noch, wie Sloane in das Diktiergerät sagte: »Annie, ich bitte Sie folgende Aktennotiz zu schreiben: Die Gerichtsmedizin hat sich geweigert, mir den Bericht zukommen zu lassen. Die Bezirksstaatsanwaltschaft ist heute – Uhrzeit und so weiter – informiert worden. Weiterhin weigert sich der Staatsanwalt, mir Akteneinsicht zu gewähren. Alles wieder mit Uhrzeit undsoweiterundsoweiter. Danke.«

Jarod holte Dumont auf dem Flur ein und begleitete ihn zum Empfang.

»Hätten Sie einen Moment Zeit?« fragte er.

»Es war nur 'n Scherz«, entschuldigte sich Dumont für die Sticheleien.

»Das ist mir klar«, erwiderte Jarod. »Ich wollte Ihnen nur ein paar Fragen stellen, über den . . . Whittaker-Prozeß.«

»Der gute Mr. Sloane hat vor ein paar Jahren die Verteidigung in einem Mordfall verloren, und ich muß die Sache jetzt ausbaden«, antwortete Dumont und schüttelte verständnislos den Kopf.

»Wieso beschäftigt Mr. Sloane seinen besten Anwalt mit einer Berufungsschrift, die auch ein Jurastudent erledigen könnte?« wollte Jarod wissen.

»Der Whittaker-Fall ist ein wunder Punkt von Sloane«, erklärte Dumont. »Er haßt es, zu verlieren.«

»Lassen Sie mich das übernehmen«, schlug Jarod vor. »Ich schreibe den Berufungsantrag. Sie sagten, Sie hätten genug zu tun. Und ich könnte die Übung gebrauchen.«

»Der Alte macht mir die Hölle heiß, wenn er erfährt, daß das ein Juniorpartner übernommen hat«, entgegnete Dumont.

»Ich kann den Mund halten, wenn Sie es können«, versprach Jarod.

Michael Metzger war es nicht gewohnt, daß er irgendwo warten mußte. Schon gar nicht im Vorzimmer seines Anwaltes.

»Entweder Sie holen Dumont jetzt her, oder ich werde den Mann selbst suchen, Miss«, fuhr er die Sekretärin an.

Metzger war untersetzt, klein und hatte ein aufgedunsenes Gesicht mit fleischigem Mund und Stiernakken, der aus einem Armani-Anzug herausragte.

Dumont und Jarod bogen um die Flurecke.

»Bauen Sie die Berufung auf meine vorherigen Anträge auf, und halten Sie mich auf dem laufenden«, gab Dumont Jarod noch mit auf den Weg.

»Sie sind der Boß«, antwortete Jarod und blieb stehen.

»Noch nicht, aber ich arbeite dran«, flachste Dumont, rückte seine Krawatte zurück und ging zu seinem Klienten. »Mr. Metzger. Ich habe gerade die Bestätigung erhalten, daß alles zu Ihrer Zufriedenheit läuft. Kommen Sie!«

»Gut.« Metzger schüttelte Dumont die Hand und folgte ihm in den langen Korridor.

»Sagen Sie, haben Sie abgenommen?« schleimte Dumont auf dem Weg zu seinem Büro.

»Nein«, grunzte Metzger. Speichellecker konnte er nicht ausstehen.

Sydney hatte zur gleichen Zeit einen Termin mit der Leiterin des *Centers*. Sie war eine großgewachsene, dunkelhäutige Frau um die fünfzig, schlank, mit tiefschwarzem Haar. Sie wirkte unnahbar und strahlte eine interessante Mischung aus Eleganz und Strenge aus.

»Frau Direktor, Jarod will doch nur einiges über sich erfahren, über seine Vergangenheit«, appellierte Sydney an ihre Einsicht. »Und ich glaube, das beste ist, wir akzeptieren seinen Wunsch. Das wird dazu beitragen, sein Vertrauen zurückzugewinnen. Nur so kann ich ihn zurückholen.«

»Und was sagt die ›S I S‹?« fragte sie mit durchdringendem Blick, dem Sydney kaum standzuhalten vermochte.

»Miss Parker denkt, sie kann mit . . . äh, Brachialgewalt dieses Problem lösen«, antwortete Sydney. »Aber ich kenne Jarod. Je mehr wir ihn verfolgen, desto schneller wird er davonlaufen.«

»Ich werde Ihren Antrag mit der Leitung beraten«, erwiderte sie. »Aber ich kann Ihnen nichts versprechen, Sydney.«

Annie haßte den langweiligen Dienst am Empfang. Zum Zeitvertreib hatte sie sich einen dieser bunten Puzzle-Würfel gekauft. Aber sie konnte die Seiten drehen und drehen, wie sie wollte, die Farben paßten nie zusammen.

»Oh, Mist«, fluchte sie und gab auf.

»Soll hier etwa am Ende jede Seite einfarbig sein?« Jarod trat an den Empfangstisch, nahm den bunten Würfel und studierte ihn neugierig.

»Wo waren Sie denn in den achztigern?« Annie starrte Jarod wie ein grünes Männchen vom anderen Stern an.

»Ich habe ziemlich zurückgezogen gelebt«, erwiderte er und drehte die Seiten des Würfels zurecht. »Wann haben Sie aufgehört zu rauchen?«

»Woher wissen Sie das?« fragte sie perplex.

»Nun, ganz einfach: Ihre Hände zittern«, entgegnete Jarod. »Nikotinrückstände an den Fingerspitzen, Ihre Gereiztheit . . .«

Annie verschränkte rasch die Arme und verbarg ihre Hände in den Armbeugen.

»Sie können ein einfaches Epso-Salzbad versuchen«, riet er ihr. »Das Salz zieht den Teer und das Nikotin aus Ihrem Blut.«

»Ach ja?« meinte sie sarkastisch. »Verstehe, Sie sind also Arzt und Anwalt.«

»Indianerhäuptling versuche ich auch noch zu sein«, gestand er ihr.

Sloane trat an den Schreibtisch und stellte einen Stapel Diktierkassetten vor Annie hin.

»Annie, würden Sie diese Aussagen bitte übertragen und sie heute abend noch persönlich auf mein Boot bringen?« bat er sie.

»Heute noch?« Annie starrte entsetzt auf den babylonisch hohen Kassettenstapel. »Oh, nein, Mr. Sloane. Das geht nicht. Meine Tochter . . . also ich meine . . . ich . . .«

». . . ist ein wundervolles Mädchen und weiß genau, wie wichtig ihre Ma für diese Firma ist«, unterbrach Sloane sie und erstickte jeden weiteren Widerspruch mit seinem charmanten Lächeln. »Annie ist die Beste, Jarod«, verriet er seinem neuen Juniorpartner im Vorbeigehen.

»Annie, tu dies, Annie tu das . . .«, stöhnte die Frau genervt, als er weg war. »Ich sag' Ihnen, es ist, als wäre ich Sloanes Frau, ohne extra dafür bezahlt zu werden. Schade, daß man seinen Job nicht so einfach aufgeben kann wie das Rauchen. Also, was kann ich für Sie tun?«

»Nun ja, Bradley Dumont hat mich gebeten, einen alten Gerichtsfall durchzugehen«, antwortete Jarod. »Marcus Whittaker.«

»O ja. Mr. Sloane hat verlangt, daß die Akten in den

Keller gebracht werden«, entgegnete sie. »Aber ich warne Sie, es ist unmöglich, etwas da unten zu finden.«

»Nichts ist unmöglich.« Jarod gab ihr zum Beweis den Würfel zurück, bei dem nun jede Seite eine einheitliche Farbe hatte.

Jarod fand den Karton mit den gesuchten Akten in einem versteckten Winkel. Er entfernte die Spinnweben und inspizierte den Inhalt. Der Karton enthielt sämtliche Gerichtsakten, Fotos vom Tatort, die als Beweismittel dienten, Videokassetten von der Gerichtsverhandlung und Nachrichtensendungen über den Fall.

Jarod nahm den Karton mit. Er wollte den Inhalt zu Hause in aller Ruhe studieren.

Auf der Straße wartete Isaac auf ihn. Heute trug Isaac ein abenteuerliches Pelzkäppchen mit Zebramuster, ein dazu passendes Oberteil und einem schrillen, orangefarbenen glänzenden Minirock. Zur Abwechslung war seine Perücke heute weiß. Große Creolen und farblich abgestimmter violetter Lidschatten rundeten das Erscheinungsbild ab.

»Jarod!« Isaac hielt Jarod am Arm fest und zog ihn beiseite.

»Isaac, was machen Sie denn hier?« fragte Jarod verwundert.

»Hören Sie, mir ist klar geworden, wie nett Sie waren, wie anständig«, erklärte Isaac. »Und ich wollte Ihre Freundlichkeit erwidern.«

Isaac stöckelte mit der Eleganz eines Preisboxers auf seinen zebrafarbenen Pumps zu einem gelben Taxi.

»Erwidern?« stammelte Jarod verwirrt. »Wie denn?«

»Mein Streitwagen!« Isaac fuchtelte geziert mit seinen zentimeterlangen, weiß lackierten, aufgeklebten Fingernägeln durch die Luft.

»Isaac!« Jarod war aufrichtig erstaunt. »Er ist wundervoll.«

»Nach siebenunddreißig Monatsraten wird er noch wundervoller sein«, versprach Isaac. »Dann werde ich meinen gelben Spatz gegen eine Limousine tauschen. Eigentlich ... äh, offeriere ich einen besonderen Service. Sie wären überrascht, wie viele Taxifahrer keinen Mann in Frauenkleidern befördern.«

»Wirklich?« Jarod runzelte verwundert die Stirn. »Wieso denn?«

»Also, die Wahrheit ist ... ich will Ihnen meine Dienste als persönlicher Chauffeur anbieten«, fuhr Isaac fort und öffnete die Rücktür.

»Im Ernst?« freute sich Jarod und verstaute seinen Karton auf dem Rücksitz. »Das ist großartig. Sind Sie sicher, daß Sie einen Führerschein haben?«

»Keine Angst, Boß, bei mir sind Sie in guten Händen«, gurrte Isaac, ließ Jarod einsteigen und schloß behutsam die Tür. »Und ich verspreche Ihnen, ich werde die perfekte Lady sein.«

»Heh, Schätzchen«, rief ein vorbeibrausender Autofahrer.

»Verpiß dich, du blöde Sau«, blaffte die perfekte Lady hinter dem Rüpel her.

15. KAPITEL

Die Papieruhr

Miss Parker unterdrückte nur mühsam ihren aufwallenden Zorn. Sie hatte von Sydneys eigenmächtiger Eskapade bei der Chefin erfahren. Wütend riß sie Sydney aus einem Experiment, das er gerade mit einem PSI-begabten kleinen Mädchen durchführte.

»Wollen Sie mir sagen, was hier vor sich geht?« zischte sie ihn auf dem Flur an wie eine gereizte Kobra. Durch eine schalldichte Glasscheibe konnten sie das zwölfjährige Mädchen beobachten. Es saß an einem Tisch und war durch Elektroden mit verschiedenen Rechnern verbunden. Es mußte mit einem Sensorstift verschiedene Symbole zeichnen, die es selbst nicht sehen konnte. Der Computer übertrug die Ergebnisse auf einen Monitor.

»Eigentlich nichts«, antwortete er. »Ein Alpha-Gehirnwellen-Experiment. Recht vielversprechend sogar.«

»Das habe ich nicht gemeint!« Miss Parker schoß eine Serie vernichtender Blicke auf Sydney ab. »Und das wissen Sie! Sie haben mit der Direktorin gesprochen? Beantworten Sie meine Frage!«

»Er schlägt uns einen Handel vor, Miss Parker«, erklärte Sydney ruhig. »Er will die Wahrheit herausfinden . . ., einen Teil davon zumindest. Das ist doch menschlich.«

»Sie können es sich im Grunde nicht leisten, jemanden über Menschlichkeit zu belehren«, schnaubte sie verächtlich mit Blick auf das kleine Mädchen. »Ich meine, immerhin sind Sie es gewesen, der Jarod dreißig Jahre lang eingesperrt hat. Ich lasse den Handel platzen. Ich werde Jarod ausfindig machen und dann beende ich ein für allemal die Sache.«

Isaac hatte Jarod vor einer Buchhandlung abgesetzt. Als er das Geschäft wieder verließ, hatte er das Buch mit dem Titel *»Meine Tage vor Gericht«* von Alan Edwards gekauft. Jarod betrachtete das Buches von allen Seiten, dann warf er es auf den Asphalt und trat es quer über den Bürgersteig. Schließlich hob er es auf, trank einen Schluck an einem Wasserspender und ließ das übrige Wasser über das Buch fließen.

»Jeder spielt doch mal den Kritiker«, kommentierte Isaac Jarods merkwürdiges Verhalten.

Jarod packte das Buch und stieg in Isaacs Wagen. Er nahm auf dem mit Leopardenfell überzogenen Rücksitz Platz und ließ sich durch die Stadt chauffieren.

Isaac drehte das Radio an. Aus dem Lautsprecher erscholl ein Song von John Lee Hooker.

»Laufen Ihnen bei dieser Musik keine Schauer über den Rücken?« fragte Isaac mit Blick in den Rückspiegel.

»Sie ist irgendwie traurig«, meinte Jarod.

»Das ist Blues, Baby«, erwiderte Isaac.

»Blues?« wiederholte Jarod nachdenklich. »Find' ich gut.«

»Er handelt vom Leben, von den Schmerzen und von der Wahrheit«, weihte Isaac ihn ein.

»Die Wahrheit ist gut.« Jarod nickte zustimmend.

»Ja, nehmen Sie mich um Beispiel«, schlug Isaac vor. »Jeden Tag, wenn ich vor die Tür trete, mache ich mich zur Zielscheibe. Und ich sage der Welt: Ha, so bin ich! Akzeptiert es oder laßt es bleiben.«

»Kann ich Sie was fragen?« wollte Jarod wissen.

»Warum ich mich so anziehe?« antwortete Isaac.

»Nun ja, es scheint Aufmerksamkeit zu erregen«, meinte Jarod.

»Keine Ahnung, wieso ich's tue«, entgegnete Isaac. »Ich weiß nur, es gefällt mir. Ich bin aufgewachsen wie jeder andere, ich spielte Football, hatte 'ne Cheerleader-Freundin. Aber irgend etwas stimmte nicht, bis ich das entdeckt habe. Es war kein leichter Entschluß.«

»Wieso tun Sie's dann?« Jarod beugte sich vor und schaute Isaac von der Seite an.

»Weil ich so bin«, Isaac zuckte gleichgültig mit den Schultern. »Niemand schafft es, sich dauernd zu verstellen. Wenn man das ständig macht, weiß man bald selbst nicht mehr, wer man ist. Verstehen Sie, was ich meine?«

»Ja.« Jarod konnte das gut nachvollziehen.

Er zückte sein rotes Notizheft und blätterte darin. Auf einer Seite lag ein Zeitungsausschnitt mit der Überschrift: »BEHINDERTER HAUSMEISTER WEGEN MORDES VERHAFTET.« Ein zweiter Ausschnitt trug die Überschrift:

»MARCUS WHITTAKER ALS MÖRDER VON AUDREY PRICE ÜBERFÜHRT.«

Darunter war ein Foto von Marcus Whittaker abgedruckt.

Isaac hielt außerhalb der Stadt. Weit und breit gab es nichts als Felsen, Steinwüste und Trostlosigkeit. Zu allem paßte das Hochsicherheitsgefängnis, das nur wenige hundert Meter entfernt stand. Mehrere hohe Stacheldrahtzäune säumten den Hof der Strafanstalt ein. Von der höhergelegenen Straße aus hatte Jarod einen Überblick über den streng bewachten Gefängnishof, wo die Gefangenen die Mittagspause verbrachten.

Er stieg aus und nahm ein Fernglas aus seiner Tasche. Damit suchte er das Gefängnisgelände ab.

»Nach wem suchen Sie?« fragte Isaac.

»Sein Name ist Marcus Whittaker«, antwortete Jarod.

»Ein Freund von Ihnen?« hakte Isaac nach.

»Das würde ich nicht behaupten«, erwiderte Jarod. Er entdeckte Whittaker an einem Holztisch. Der Gefangene saß allein und aß ein Brot. Die anderen Häftlinge mieden ihn offensichtlich.

Whittaker war ein kleiner Mann. Er hatte ein rundes, dunkelhäutiges Gesicht, das keinerlei Gefühlsregung zeigte. Jarod schätzte ihn auf Anfang Dreißig. Seine dunklen Haare waren mit Gel nach hinten gekämmt. Er trug die gleiche blaue Gefängniskleidung wie die anderen Gefangenen. Sein linker Arm war geschient und von den Fingerspitzen bis zum Ellbogen bandagiert.

»Was hat er angestellt?« bohrte Isaac weiter.

»Nichts.« Jarod sah, wie zwei Wärter Whittaker unter den Armen packten und zum Gefängnistrakt zurückführten. Whittaker folgte ihnen wie eine Marionette. »Rein gar nichts.«

Das Center
Delaware

Die Direktorin des *Centers* bat Miss Parker und Sydney nachmittags in ihr Büro.

»Die Leitung hat beschlossen, auf den Handel einzugehen, nachdem alle Möglichkeiten geprüft worden sind«, verkündete sie.

»Das kann doch nicht wirklich Ihr Ernst sein«, grollte Miss Parker.

»Oh doch«, bestätigte die Direktorin. »So ist es.«

»Ich werde den Vorsitzenden darüber informieren«, machte Miss Parker ihrer Verbitterung Luft.

»Ihr Vater hat die entscheidende Stimme abgegeben«, erwiderte die Direktorin kühl und wandte sich dann Sydney zu. »Die Informationen, die Jarod will, werde ich Ihnen in Kürze zukommen lassen. Gehen Sie sorgfältig damit um.«

Abends saß Jarod blinzelnd in seinem Zimmer vor dem Fernseher. Das helle Licht des Bildschirms stach ihn in dem dunklen Zimmer in die Augen. Er saß da und starrte auf die Aufzeichnung der DSR-Diskette vom 3. Juli 1972. Es war eine neue Simulation. Ein Flugzeug war von Terroristen entführt worden. Sie hatten viele Menschen als Geiseln in ihrer Gewalt. Jarods Aufgabe war es, herauszufinden, wie man die Terroristen überwältigen konnte.

Der kleine Jarod stand mitten im Testraum. Er senkte sein Gewehr und drehte sich zu Sydney um. »Du kannst nur einen Schuß auf die Terroristen abgeben, Jarod«, sagte Sydney eindringlich.

»Ich hatte wieder diesen Traum«, erklärte Jarod.

»Es ist nur ein Traum«, beschwichtigte Sydney. Jarod. Vergiß ihn und konzentriere dich!«

»Syd, besteht die Möglichkeit, daß man vergißt, wo man ist?« wollte Jarod wissen.

»Jarod, bitte!« Alles, was Sydney interessierte, war das Experiment.

»Es ist nur, ich kann in diesem Traum das Gesicht meiner Mutter nicht erkennen«, fuhr Jarod fort. »Sie hängt im Garten Wäsche auf.

»Denk an den Schuß, Jarod«, erwiderte Sydney streng. »Die Zeit wird knapp. Die Geiseln verlassen sich auf dich.«

»Aber ich will ihr Gesicht sehen«, quengelte Jarod. »Ich will meine Mutter sehen!«

»Beende die Simulation, und ich werde sehen, was ich für dich tun kann«, versprach Sydney.

Jarod wandte sich wieder dem imaginären Flugzeug zu, zielte – und hielt inne.

»Ich kann diese Mission nicht erfüllen. Ich könnte eine Geisel treffen. Immerhin könnte ich einen unschuldigen Menschen töten.«

»Manchmal, Jarod, muß man ein Leben opfern, um andere zu retten«, entgegnete Sydney kaltherzig.

Sydney hielt sein Versprechen nicht. Jarod hatte seine Mutter nie gesehen.

Jarod schaltete den DSR-Player aus und blickte auf einen Zeitungsausschnitt, den er in seinem roten Notizheft aufbewahrte: »MARCUS WHITTAKER WEGEN MORDES AN AUDREY PRICE VERURTEILT«

Jarod klappte das Notizheft zu und nahm eine der Videokassetten, die er im Keller der Anwaltskanzlei gefunden hatte. Er schob sie in den Rekorder. Der Bildschirm erwachte erneut zum Leben. Es war die Aufzeichnung einer Nachrichtensendung. Zwei Polizisten verhafteten gerade Whittaker. Die Kamera schwenkte auf einen Nachrichtensprecher, der live vor Ort berichtete.

»Der mordverdächtige Marcus Whittaker, der beschuldigt wird, Audrey Price in ihrer Wohnung erschlagen zu haben, wurde in den frühen Morgenstunden in seiner Hausmeisterwohnung in diesem Apartmentgebäude im Westen von Los Angeles festgenommen«, sagte er. »Marcus Whittaker hat einen ungewöhnlichen Fürsprecher in diesem Fall. Seinen Arbeitgeber, den Immobilienmagnaten Michael Metzger, dessen Firma Eigentümer des Hauses ist, in dem der Mord stattgefunden hat.«

Am nächsten Morgen ließ sich Jarod von Isaac zu dem Apartmenthaus fahren, in dem der Mord stattgefunden hatte. Es war eine vierstöckige Wohnanlage mit Flachdach.

Jarod saß fast eine halbe Stunde lang regungslos auf der Motorhaube des parkenden Taxis und ließ seinen Blick über die monotone Hausfassade gleiten. Dank seiner Isolation im *Center* waren ihm viele Dinge fremd geworden, so daß er sich an sie herantasten mußte wie ein blinder Mann an ein unbekanntes Objekt. Andere Dinge jedoch, die vielen normalen Menschen verborgen blieben, erkannte er glasklar. Aber er konnte Audreys Apartment anstarren, so lange er wollte, es gab auch ihm sein Geheimnis nicht preis.

Eine warme Brise wehte Jarod übers Gesicht. Am strahlend blauen Himmel trieben einige Wolken von Süden Richtung Norden.

Im Wagen saß Isaac am Steuer und betrachtete Jarod nervös. Der starrte das Gebäude an, als ob seine Augen durch die Mauern hindurchblickten. Isaac spürte, daß Jarod hier keine Schau abzog, sondern etwas stattfand, von dem er keine Ahnung hatte.

»Wie lange werden wir noch warten?« wollte Isaac wissen, aber Jarod antwortete nicht. »Hallooooo!«

Jarod erwachte aus seinem tranceähnlichen Zustand. Sein Kopf fühlte sich eiskalt an. In Gedanken ließ er noch einmal einen Ausschnitt aus dem Video von gestern abend Revue passieren. Es war eine Nachrichtensendung von Whittakers erstem Prozeßtag gewesen. Zwei Polizisten in Zivil hatten Whittaker die Treppen zum Gerichtssaal hinaufgeführt. Vor dem Eingang warteten zahlreiche Schaulustige. In dem Pulk ruckten Fotoapparate und Fernsehkameras auf und nieder. Die Menschenmasse schloß sich um Whittaker. Er duckte sich, während ihn die beiden Polizisten durch das Gewühle bugsierten. Einige Reporter schrien Whittakers Namen. Sie drängten ihm ihre Mikrophone entgegen.

Ein Reporter stand abseits auf der Wiese vor dem Gerichtssaal und interviewte vor laufender Kamera Metzger.

»Audrey Prices Tod ist eine Tragödie, aber Marcus Whittaker soll in dem Fall die schlampigen Nachforschungen nicht ausbaden müssen«, sagte Metzger ins Mikrophon. »Ich bin nur froh, daß Ben Sloane sich bereit erklärt hat, ihn zu verteidigen.«

Kurz darauf interviewte der Reporter Sloane, der gerade auf dem Weg ins Gerichtsgebäude war.

»Mister Metzger war mit mir auf meinem Boot, als er erfuhr, daß in einem seiner Häuser ein Mord passiert ist«, erzählte Sloane. »Da habe ich natürlich meine Hilfe angeboten.«

Jarod blinzelte und kehrte in die Gegenwart zurück.

»Isaac, laß uns einkaufen gehen.« Er hüpfte von der Motorhaube und stieg zu seinem Fahrer ins Auto.

Sie machten sich auf den Rückweg in die Stadt und gingen dort in einen Schuhladen. Jarod ließ sich von einem Verkäufer Segelschuhe zeigen.

Er betrachtete jedes Paar gewissenhaft von allen Seiten.

»Das macht er jetzt seit fast einer Stunde«, flüsterte der Verkäufer schließlich einer Kollegin zu und deutete dann mit dem Kinn Richtung Isaac. »Heh, Vinnie, und sieh dir seine Frau an.«

Isaac stöckelte an einem Regal vorbei und betrachtete prüfend ein Paar Pumps.

»Sind das alle Segelschuhe, die Sie haben?« fragte Jarod.

»Ja, Sir«, antwortete der Verkäufer.

»Ich nehme sie alle.« Jarod stand auf und reckte sich.

»Sie wollen alle sieben Paar Segelschuhe kaufen?« Der Verkäufer starrte fassungslos auf die am Boden verstreut liegenden Schuhe.

»Ja«, bestätigte Jarod.

»Führen Sie die hier auch in sechsundvierzig?« Isaac

hielt ein Paar roter Lackpumps zierlich mit seinem weniger zierlichen Daumen und Zeigefinger hoch.

Später ließ Jarod sich nach Hause fahren und wartete dort auf Sid.

Sid war fünfzehn Jahre alt und dunkelhäutig. Er war schlaksig und trug einen uninteressierten, coolen Blick zur Schau, als er eintrat.

»Nun?« fragte Jarod.

»Alles erledigt«, meldete Sid und gab Jarod das Buch von Alan Edwards. Es sah so mitgenommen aus, als ob es unter eine Dampfwalze geraten wäre. »Hab' getan, was Sie gesagt haben.«

»Und?« Jarod betrachtete beeindruckt das Buch, das fast nur noch aus Papierlappen bestand.

»Ich hab's am Fahrrad hinter mir hergezogen«, verriet Sid.

»Hervorragend«, sagte Jarod und setzte sich aufs Sofa.

»Tss.« Sid streckte ihm die offene Handfläche entgegen.

»O ja, richtig.« Jarod fischte einen Geldschein aus der Tasche und gab ihn Sid. »Fünf Dollar.«

»Ja, Mann.« Sid steckte das Geld ein. »Ich hab' Freunde, mit denen kann ich Kleinholz aus irgendwelchen Autos machen, wenn Sie's wünschen.«

»Ich lass' es dich wissen«, sagte Jarod.

»Cool.« Sid winkte kurz und verschwand aus dem Zimmer.

Jarod schob eine neue Kassette in den Videorekorder. Auf dem Bildschirm erschien ein Interview mit Alan Edwards, dem Vertreter der Anklage im Fall

Whittaker. Edwards war klein, untersetzt und zeigte bei jeder Gelegenheit sein prachtvolles Lächeln. Sein dunkles Haar war bereits mit vielen grauen Strähnen versetzt.

»Mr. Whittaker ist der einzig mögliche Täter in diesem Fall«, sagte Edwards dem Reporter. »Die Verteidigung hat keinen stichhaltigen Beweis, der das widerlegt.«

»Sie irren sich, Mr. Edwards«, murmelte Jarod und nahm die Whittaker-Akte mit den Fotos vom Tatort. Ein Bild zeigte einen Schuhabdruck. Jarod verglich das Profil mit einem von den eben gekauften Segelschuhen. Es war identisch.

Am nächsten Nachmittag saß Alan Edwards in einer Buchhandlung und signierte sein neues Buch. Jarod stellte sich mit seinem zerfledderten Edwards-Werk in die Reihe der Wartenden, bis er vor dem Autor stand.

»Du meine Güte«, erschrak Edwards, als er das mitgenommene Buch in die Hand nahm. Dann blickte er Jarod über den Rand seiner Brille an. »Haben Sie das hinter einem Auto hergezogen?«

»Nein, ich habe ein Kind dafür bezahlt, es hinter seinem Mountainbike herzuschleifen«, sagte Jarod wahrheitsgemäß.

Edwards grinste, als habe Jarod gerade einen guten Scherz gemacht.

»Die Wahrheit ist, es war wie eine Bibel für mich«, fuhr Jarod fort.

»Ich fühle mich geschmeichelt.« Edwards blätterte zur ersten Seite des Buches. »Für wen soll die Widmung sein?«

»John Coney junior«, log Jarod.

»Einen John Coney kannte ich aus Dartmouth.« Edwards kniff die Augen zusammen und blickte Jarod prüfend an. »Sie sind doch nicht . . .?«

»Schuldig!« Jarod lachte. »Seit Jahren will Dad, daß ich Sie mal aufsuche.«

Jarod und Edward führten ihr Gespräch in einer Bar fort. Sie setzten sich an den Tresen, bestellten ein paar Drinks und unterhielten sich über Jarods vermeintlichen Vater. Edwards erinnerte sich an allerlei amüsante Anekdoten.

». . . Da stand also Ihr Vater, nackt, grinste betrunken und rannte den Gang im Schlafsaal rauf und runter und brüllte dabei: ›Bansai‹!« Edwards stieß ein heiseres Lachen aus.

»Guter alter Dad.« Jarod schmunzelte und schüttelte ungläubig den Kopf.

»Ja, ich kannte keinen, der besser Prozesse führen konnte als er«, sagte Edwards voller Anerkennung.

»Das gleiche sagte er auch von Ihnen«, erwiderte Jarod. »Ja, und mir imponiert die Art und Weise, wie Sie Ben Sloane vor Jahren zu Fall gebracht haben. Der Whittaker-Prozeß.«

»Oh, Sloane hatte nichts in der Hand.« Edwards zog geringschätzig die Mundwinkel nach unten.

»Wirklich?« sagte Jarod verwundert. »Was ist mit den Fußabdrücken?«

»Woher wissen Sie davon?« Edwards schaute Jarod überrascht an.

»Ich habe an der Uni eine Arbeit darüber verfaßt«, entgegnete Jarod. »Ich habe die Akten gelesen. ›Das Volk gegen Whittaker‹.«

»Fünftausend Seiten?« Edwards schaute verdutzt.

»Fünftausendsechshundertzwölf, um genau zu sein«, antwortete Jarod.

»Michael Metzger besorgte Whittaker den teuersten Anwalt der Stadt, und der Kerl vermasselte alles.« Edwards schüttelte fassungslos den Kopf. »Wir konnten nicht glauben, daß er verloren hat.«

»Die Verteidigung wußte von den Fußabdrücken?« hakte Jarod nach.

»Das war ihr Trumpf im Ärmel«, erwiderte Edwards. »Wir haben ständig drauf gewartet, daß Sloane die Karte ausspielt, um Zweifel an der Schuld aufkommen zu lassen. Aber er tat es nicht.«

»Und Sie haben nie etwas dazu gesagt?« bohrte Jarod weiter.

»Wir hatten mehrere Zeugen, die aussagten, daß Whittaker von Audrey Price besessen war«, erzählte Edwards. »Seine Fingerabdrücke waren überall im Apartment. Er wurde in seiner Wohnung verhaftet, als er das Blut aus seinen Klamotten gewaschen hat. Man muß nicht Proust gelesen haben, um da 'ne Verbindung herzustellen.«

»Die Mordwaffe ist niemals aufgetaucht«, gab Jarod zu bedenken.

»Marcus Whittaker war des Mordes schuldig«, entgegnete Edwards entschieden. »Ben Sloanes Schuld bestand nur darin, ein schlechter Anwalt zu sein.«

Am nächsten Tag besuchte Jarod Whittaker im Gefängnis. Sie saßen sich in einer Besucherzelle gegenüber. An der Tür stand ein Wärter und ließ sie nicht aus den Augen.

Whittaker hatte ein merkwürdiges Gestell voller Zahnräder und Antriebsbändern mitgebracht. Die ganze Apparatur bestand komplett aus Papier.

»Mr. Sloane kam aufs Polizeirevier«, erzählte er. »Er war nett zu mir. Er hat mir 'n Sandwich mitgebracht.«

»Was basteln Sie da?« Jarod deutete auf den rechteckigen Pappierapparat.

»Papieruhren.« Whittaker stellte den Apparat aufrecht hin. »Ein Brieffreund hat's mir beigebracht. Die funktionieren. Mit dünner Pappe würde es besser gehen. Das Papier von den Wärtern ist zu dünn.«

»Würde es damit besser gehen?« Jarod holte einen Packen Briefumschläge aus seiner Aktentasche.

»Kann ich die haben?« fragte Whittaker begeistert.

Jarod hob die Umschläge, so daß der Wächter sie sehen konnte, und gab sie dann Whittaker.

»Marcus, ich will Ihnen ein paar Fragen über Ihren Fall stellen«, kam Jarod zum wahren Grund seines Besuchs.

»Mr. Sloane ist mein Anwalt«, unterbrach Whittaker ihn.

»Ich weiß ... äh, aber ich bin hier, um ihm zu helfen«, erwiderte Jarod. »Und Ihnen auch. Okay?«

»Okay.« Whittaker nickte und lächelte.

»Können Sie mir erzählen, wieso Sie weggelaufen sind, als Audrey Price getötet wurde?« wollte Jarod wissen.

»Ich wollte nicht wieder ins Gefängnis gehen«, antwortete er.

»Sie hatten einmal Schwierigkeiten, als Sie noch bei Ihrer Mutter wohnten, ist das korrekt?« Jarod schaute seinem Gegenüber direkt in die Augen.

»Ein paar Jungs haben sich über sie lustig gemacht.« Whittaker wich Jarods Blick aus. »Ich mußte sie verteidigen. Also, ich hab' keinen verletzen wollen. Danach wurde ich verurteilt und mußte nach Milltown . . .«

». . . in die Jugendstrafanstalt«, beendete Jarod den Satz. »Ich möchte Sie jetzt zu der Mordnacht befragen.«

»Ich wollte Miss Price Blumen bringen«, erzählte Whittaker. »Na ja . . . äh, so wie jeden Tag. Es war schon spät. Aber sie gab mir immer zwei Dollar Trinkgeld, wenn ich ihr die Blumen brachte. Aber als ich hinkam . . ., ins Apartment kam . . ., sah ich sie leblos am Boden liegen.«

Whittaker verbarg sein Gesicht in den Händen und schluchzte.

»Marcus!« sagte Jarod behutsam. »Marcus! Schon gut. Haben Sie keine Angst.«

»Sie lag da, auf der Seite«, fuhr der andere fort. »Ihr Gesicht war blutverschmiert. Die Eule saß neben ihr.«

»Die Eule?« wiederholte Jarod verwundert.

»Sie war aus Stein«, erklärte Whittaker. »Sie war grün. Miss Price hatte 'ne ganze Familie davon auf der Anrichte oben stehen. Sie sah so friedlich aus, als ob sie schlafen wurde . . ., wäre nicht das Blut gewesen.«

»Mochten Sie sie?« fragte Jarod.

»Sie war immer sehr nett zu mir«, entgegnete Whittaker. »Die anderen Anwälte sagten, ich hätte sie bloß anfassen wollen, aber ich fand sie einfach nett.«

»Haben Sie jemals gesehen, daß sie Besuch hatte . . . äh, Männer?« wollte Jarod wissen.

»Äh . . ., Mr. Metzger kam sie besuchen«, antwortete Whittaker. »Fast jeden Tag um die Mittagszeit.«

»Mr. Metzger?« Jarod schaute Whittaker überrascht an.

»Ja«, bestätigte er und beschrieb Metzgers Cabrio. »Er hat 'nen tollen schwarzen Schlitten. Und die Reifen glänzten im Sonnenlicht ... und irgendwie fehlte das Dach.«

»Marcus, haben Sie je Mr. Sloane oder der Polizei von Metzgers Besuchen erzählt?« fragte Jarod.

»Mr. Sloane meinte, ich soll es nicht sagen«, entgegnete Whittaker, während er weiter an seiner Papieruhr bastelte. Er knickte einen von Jarods Umschlägen der Länge nach und befestigte ihn als Zeiger an der Uhr. »Es würde sonst einen schlechten Eindruck machen. Mr. Sloane paßt immer gut auf mich auf. Sehen Sie, wie sie funktioniert?«

Jarod sah es. Der Papierzeiger der Uhr ruckte mit jeder Sekunde ein Stückchen weiter.

Wieder zu Hause hackte sich Jarod in die Datenbank der Telefongesellschaft. Dort tippte er Metzgers Namen ein und wartete auf einen Rückfluß der Daten. Auf dem Bildschirm erschienen Zahlenreihen. Sie schlüsselten auf, an welchem Tag zu welcher Uhrzeit Metzger welche Person angerufen hatte.

Jarod bewegte den Cursor auf das Datum, an dem Audrey Price ermordet worden war und machte eine verblüffende Entdeckung: »Es ist einundzwanzig Uhr zwanzig, und Michael Metzger hat gerade eine Frau ermordet. Wen ruft er an?«

Jarod griff zum Telefon und wählte die Nummer, die auf dem Bildschirm mit einem blauen Balken gekennzeichnet war.

»Hier ist der Anschluß von Benjamin Sloane im Hafen«, meldete der Anrufbeantworter am anderen Ende der Leitung. »Leider bin ich nicht auf meinem Boot. Vermutlich bin ich im Büro, um das Geld dafür zu verdienen. Hinterlassen Sie Ihren Namen und die Nummer, ich rufe zurück.«

16. KAPITEL
Falsch gespielt

Jarod und Isaac beschatteten Metzger den ganzen nächsten Tag. Metzger fuhr das schwarze Cabrio, das Whittaker beschrieben hatte. Er traf sich mittags mit Sloane in einem Restaurant.

»Ich verstehe das nicht«, meinte Isaac. »Warum sollte ein Anwalt wie Sloane einen armen unschuldigen Mann hinter Gitter bringen?«

»Um einen reichen schuldigen davor zu bewahren«, antwortete Jarod.

Nachts hatte Jarod wieder diesen Traum. Er lief als kleiner Junge über die Wiese zu seiner Mutter. Sie hängte Wäsche auf die Leine und drehte sich zu ihm um.

»Hallo, Jarod«, sagte sie mit sanfter Stimme.

»Ma!« Jarod konnte ihr Gesicht nicht erkennen, obwohl er so nahe stand, daß er es fast berührte. »Ma!«

Mit einem Schrei wachte Jarod auf. Er saß im Bett und preßte die Hände vors Gesicht.

Morgens rief er als erstes im *Center* an und ließ sich mit Sydney verbinden.

»Die Zeit ist abgelaufen, Sydney«, sagte Jarod. »Ich will eine Antwort.«

»Miss Parker ist nicht einverstanden.« Sydney hatte

das Handy zwischen Kinn und Schulter geklemmt, damit er die Hände frei für Jarods geheime Akte hatte. »Tatsache ist, daß sie sich von der Sache zurückgezogen hat, weil das *Center* deinem Wunsch nachkommen will, Jarod. Deine Informationen im Austausch für die gestohlenen Disketten.«

»Das haben die gesagt?« fragte Jarod ungläubig.

»Wir, das heißt, du und ich haben die Zustimmung des Vorstands und der Direktorin.« Sydney nahm ein Foto aus der Akte und legte es auf den Scanner. »Ich beginne jetzt die Übertragung. Ich hoffe, du bist zufrieden, Jarod.«

Jarod hatte sich in Sydneys Computer eingeloggt. Auf dem leeren Monitor baute sich das Bild einer attraktiven jungen Frau auf. Sie hatte braunes schulterlanges Haar, genau wie es die Mutter in Jarods Träumen hatte.

»Ist sie das, Sydney?« Jarod starrte wie hypnotisiert auf das Bild. »Ist das meine Mutter?«

»Ja, das ist sie«, bestätigte Sydney.

»Ich, ich ... wir treffen uns an dem Ort, den wir bereits vereinbart hatten«, sagte Jarod und legte auf.

Minutenlang saß er wie betäubt da und starrte auf das Bild seiner Mutter, bis es in brennenden Tränen verschwamm.

Bis spät in die Nacht hinein schaute sich Jarod die anderen Videos vom Fall Whittaker an. Ein Interview von Sloane erregte sein besonders Interesse.

»Mr. Sloane, ist es wahr, daß Ihr Mandant bei seiner eigenen Verteidigung nicht aussagen wird?« fragte ein Reporter.

»Mr. Whittaker hat Schwierigkeiten, sich klar auszudrücken«, antwortete Sloane. »Also denke ich, daß es nicht in seinem Interesse ist, wenn er in den Zeugenstand tritt.«

»Und wenn die Anklage trotzdem erwägt, ihn in den Zeugenstand zu rufen?« bohrte der Reporter weiter.

»Ich glaube, diese Überlegung würde für die Anklage zum Nachteil sein«, konterte Sloane. »Besonders im Hinblick darauf, daß sie noch nicht im Besitz der Mordwaffe sind.«

Jarod fragte sich, was Sloane mit seiner Entscheidung bezweckte. Eines aber war klar: Daß Whittaker selbst nicht aussagte, würde ihm zum Nachteil gereichen.

Am nächsten Morgen ordnete Dumont in seinem Büro einige Papiere und steckte die gesuchten Dossiers in seine Aktentasche.

Jarod betrat das Büro und räusperte sich. »Bradley, könnten Sie noch mal meinen Schriftsatz für die Whittaker-Anhörung durchsehen?« bat er und reichte Dumont eine dünne Akte in einer Klarsichthülle. »Ich habe Ihren alten Antrag genommen und noch ein paar Randbemerkungen hinzugefügt.«

»Sie haben *was*?« Dumont riß Jarod die Papiere aus der Hand.

»Ich habe die alten Akten durchstöbert, und da sind ein paar Dinge, die erörtert werden müssen«, erklärte Jarod.

»Nein, müssen sie nicht«, widersprach Dumont energisch und zog ein Dossier aus seiner Aktentasche.

»Kopieren Sie meinen Entwurf, ändern Sie das Datum, setzen Sie mein Faksimile drunter, und schaffen Sie's bis siebzehn Uhr ins Gericht.« Dumont drückte

Jarod das Dossier in die Hände, nahm seine Aktentasche und stapfte wütend zur Tür. »Wenn Sie das nicht hinkriegen, stell ich 'nen Affen ein, der es kann.«

Türenknallend verschwand Dumont aus dem Büro.

»Sicher doch, Brad«, sagte Jarod und schob Dumonts Dossier in den Reißwolf.

Isaac trug an diesem Morgen die schrillste Kleidung, die er seines Erachtens seit mindestens zehn Jahren getragen hatte: einen dunklen Nadelstreifenanzug mit passenden Schuhen. Auf Schmuck und Make-up hatte er auf Jarods Bitte hin verzichtet. Er trug auch keine Perücke auf seiner Glatze und sah wie ein seriöser Chauffeur aus.

Isaac saß in einer gemieteten Limousine und beobachtete im Rückspiegel Dumonts Auto. Er hatte den Motor ein wenig manipuliert, so daß es nicht ansprang, als Dumont wegfahren wollte.

»Verdammt!« Dumont stieg aus und öffnete die Motorhaube. Zum ersten Mal in seinem Leben sah er einen Automotor von nahem vor sich, was ihm bei der Panne aber auch nicht weiterhalf.

»Da kann man nichts machen, Bruder.« Isaac war neben Dumont getreten und warf einen Blick auf den Motor. »Es gibt Zeiten, da muß man sich in sein Schicksal fügen.«

»Was?« Dumont starrte Isaac verwundert an.

»Sie haben Glück im Unglück.« Isaac grinste breit und deutete auf seine Limousine. »Mein Wagen!«

Dumont überlegte nicht lange und stieg in den Mietwagen. Isaac ging zur Fahrerseite und stieg ein.

Jarod stattete Whittaker einen Besuch im Gefängnis ab.

»Ich habe gerade einen Brief von meiner Mutter bekommen«, sagte Whittaker. »Sie ist krank. Ich sollte jetzt bei ihr sein.«

»Keine Sorge, Marcus«, erwiderte Jarod. »Sie werden Ihre Mutter schon bald wiedersehen. Ich verspreche es Ihnen. Aber zuerst müssen wir ins Gericht gehen. Aber nur noch einmal. Mr. Sloane wird auch dort sein.«

»Was muß ich tun?« fragte Whittaker.

»Mir vertrauen«, entgegnete Jarod.

Dumont vertraute ebenfalls – darauf, daß sein schwarzer Chauffeur ihn nach dem Treffen mit einem gegnerischen Anwalt auf direktem Weg zur Kanzelei zurückfahren würde.

»Und, wie ist Ihr Meeting gelaufen?« erkundigte sich Isaac.

»Oh-ho«, erwiderte Dumont bester Laune. »Äußerst profitabel, Mann.« Er saß mit geschlossenen Augen auf der Rückbank und genoß die Fahrt. »In 'ner Limousine vorzufahren schadet nie bei wichtigen Verhandlungen.«

Dumont schlug die Augen auf und stellte fest, daß sie aus der Stadt hinaus statt in die City fuhren.

»Entschuldigen Sie, das ist nicht der Weg zurück ins Office«, wandte er sich an seinen Fahrer.

»Es ist so ein schöner Tag, da dachte ich, wir machen einen kleinen Ausflug, Sir«, trällerte Isaac vergnügt.

»Einen Ausflug?« Dumont zerrte an dem Türgriff, aber die Zentralverriegelung war eingeschnappt. »Und ... und ... äh, wohin?«

Jarod fuhr mit einem Taxi in die Stadt zurück. In der Kanzlei ging er in Sloanes Büro

»Ich wollte Ihnen gratulieren – zur Whittaker-Berufung«, sagte Jarod. »Dumont sagt, mit dem neuen Prozeß gelingt Ihnen der große Wurf.«

»Welcher Prozeß?« Sloane starrte Jarod verdutzt an.

»Das Gericht hat Dumonts Antrag zugestimmt, einen neuen Beweis zu liefern«, teilte Jarod seinem Chef mit.

»Einen Beweis?« Sloane verstand überhaupt nichts mehr.

»Er meint, daß er mit Sicherheit morgen früh im Besitz der Mordwaffe ist«, log Jarod. »Hat er Ihnen das nicht gesagt?«

»Annie . . .!« schrie Sloane und sprang auf. »Wo ist Dumont?«

Annie erschien in der Tür. Jarod drehte sich nach ihr um. Dabei nahm er eine von Sloanes Diktierkassetten vom Schreibtisch und steckte sie unauffällig ein.

»Er ist schon den ganzen Nachmittag außer Haus«, antwortete sie. »Ich habe als letztes gehört, daß er mit Ira Klein essen gehen wollte, dem Strafverteidiger der . . .«

»Ich weiß, wer das ist«, polterte Sloane mit infarktrotem Gesicht. »Annie! Los, telefonieren Sie! Setzen sie alle Hebel in Bewegung, ich will wissen, wo zum Teufel Dumont steckt!«

Dumont steckte seit Stunden in Isaacs Limousine. Malerisch versank die Abendsonne hinter dem Grenzschild, auf dem »WILLKOMMEN IN NEVADA« stand.

»Heh, anhalten«, kreischte Dumont, als er sah, daß

sie Kalifornien verließen. »Das ist Kidnapping! Ich bin ein erfolgreicher Anwalt! Hören Sie!«

»Ah, ah, ah!« Isaac sah seinen Fahrgast im Rückspiegel an und hob tadelnd den Zeigefinger. »Das kostet Sie nochmal hundert Meilen, Herr Anwalt.«

Jarod fuhr nach Feierabend zum Hafen, wo Sloanes Jacht vor Anker lag. Er mußte bis kurz vor acht Uhr warten, ehe Sloane kam und sein Schiff betrat.

Jarod nahm ein Taxi und fuhr in sein Motel zurück. Dort manipulierte er mit dem Computer die Sprachaufnahme auf Sloanes Diktiergerät. Er nahm verschiedene Sätze und schnitt per Computer einzelne Worte heraus. Dann ordnete er diese Worte zu neuen Sätzen, die einen völlig anderen Sinn als im Original ergaben. Das Ergebnis speicherte er auf eine Tonbandkassette.

Zwischendurch rief Jarod bei einem Reisebüro an und bestellte für Whittakers Mutter einen Non-Stop-Flug nach Los Angeles. Danach wählte er die Nummer des »Los Angeles Chronicle« und verlangte die Lokalredaktion.

Jarod hatte gerade aufgelegt, da rief Sloane an und fragte, ob er im Moment sehr beschäftigt sei.

»Nein, Sir«, erwiderte Jarod. »Ich höre mir nur gerade ein paar sehr interessante Aufzeichnungen an. Die Anhörung ist morgen um neun? Äh, ja, Sir, aber sollten wir nicht auf Mr. Dumont warten? Ja, Sir. Ich verstehe. Ich sehe Sie dann morgen früh.«

Jarod legte zufrieden auf. Sein Plan funktionierte reibungslos wie ein Uhrwerk – bis jetzt.

Wie jeden Morgen hörte Annie erst einmal, ob Sloane eine Nachricht für sie hinterlassen hatte. Sie schaltete das Diktiergerät auf ihrem Schreibtisch ein. Jarod hatte eine Stunde zuvor ein Tonband mit Sloanes Stimme, das er manipuliert hatte, in das Diktiergerät gesteckt.

»Annie«, hörte sie Sloanes Stimme aus dem kleinen Lautsprecher. »Erste Priorität! Sie müssen etwas für mich auf meinem Boot erledigen.«

Annie griff zum Stenoblock und schrieb mit, damit sie auch ja alle Anweisungen Sloanes genau befolgte.

Jarod traf im Gerichtsgebäude einen siegessicheren Sloane.

»Beobachten Sie, hören Sie zu, und lernen Sie daraus, Jarod«, prahlte Sloane. »Etwas Derartiges werden Sie so bald nicht wiedererleben.«

»Ich freue mich schon darauf, Sir«, versicherte Jarod auf dem Weg zum Verhandlungssaal.

Plötzlich erstarrte Sloane und wurde kreidebleich. Vor dem Verhandlungssaal lauerte die Reportermeute, die Jarod letzten Abend auf die heutige Verhandlung aufmerksam gemacht hatte.

»Was hat denn die Presse hier verloren?« keuchte Sloane.

Im nächsten Moment war er zwischen Reportern eingekeilt, die ihn mit Fragen bombardierten.

»Sir, geben Sie eine Stellungnahme ab!«

»Wieso plötzlich das Berufungsverfahren?«

»Wie geht es Whittaker?«

»Wird er wieder verurteilt werden?«

»Mr. Sloane, werden Sie diesmal gewinnen?«

Jarod stand abseits und beobachtete amüsiert, wie sich Sloane durch die Menge schlängelte.

»Verstehen Sie, zu diesem Zeitpunkt kann ich noch nichts Konkretes sagen, außer, daß es einige Überraschungen geben wird«, wich er den Fragen aus und verschwand rasch im Gerichtssaal.

Zu gleichen Zeit verließ Sydney das Flughafengebäude. Er winkte mit einem Zettel, auf dem die Adresse stand, wo er sich mit Jarod treffen wollte, einem Taxifahrer zu.

Wie aus dem Nichts flankierten Miss Parker und ein *Center*-Agent Sydney. Ehe der sich von seiner Überraschung erholen konnte, nahm ihm Miss Parker den Zettel ab.

»Das Bezirksgericht«, las sie laut vom Zettel ab und schenkte Sydney ein mitleidiges Lächeln. »Sie haben doch nicht ernsthaft geglaubt, daß sich das *Center* auf den Deal mit Jarod einläßt? Wir spielen falsch, so ist eben das Geschäft.«

Sydney unterdrückte seine ohnmächtige Wut und Enttäuschung. Miss Parker und der Agent führten ihn zu einem bereitstehenden Auto, das sie binnen einer halben Stunde zum Bezirksgericht bringen würde.

Jarod und Sloane saßen in dem halbgefüllten Gerichtssaal auf der Anklagebank. Zwei Anwälte hatten als Vertretung der Staatsanwaltschaft auf der gegenüberliegenden Seite Platz genommen. Unter den Zuschauern entstand Gemurmel, als ein Polizist Whittaker in Handschellen hereinführte. Whittaker hatte seine Gefängniskleidung gegen einen brauen Anzug mit gepunkteter Krawatte getauscht.

»Sie sitzen da drüben.« Der Polizist deutete auf den freien Platz neben Jarod.

In gebückter Haltung ging Whittaker um die Verteidigerbank herum und setzte sich auf den ihm zugewiesenen Platz.

»Was will der denn hier, zum Teufel?« keuchte Sloane fassungslos.

»Das habe ich veranlaßt«, sagte Jarod und klopfte Whittaker aufmunternd auf die Schulter.

Sie erhoben sich, als Richterin Kramer eintrat. Sie war eine kleine, aber sehr energisch auftretende Person, die in der langen Robe fast versank. Richterin Kramer setzte sich auf die Richterbank, blickte über die randlose Brille in den halbgefüllten Gerichtssaal.

Jarod, Sloane und Whittaker setzen sich wieder.

»Für das Protokoll.« Richterin Kramer blickte flüchtig zu dem Protokollführer. »Das Volk gegen Whittaker. Anhörung der Verteidigung zur Vorlage neuer Beweismittel. Mr. Holmes!«

»Euer Ehren!« Sloane erhob sich rasch. »Mr. Holmes ist ein Juniorpartner in unserer Firma. Er vertritt diesen Mandanten nicht. Eigentlich . . .«

»Bei allem Respekt, euer Ehren«, unterbrach Jarod ihn scharf und stand ebenfalls auf. »Ich habe den Berufungsantrag für diese Anhörung gestellt. Es jetzt einem anderen Anwalt zu übergeben hieße, Whittaker die Chance auf eine faire Verhandlung zu nehmen.«

»Was soll das?« zischte Sloane ihn an. »Was haben Sie vor?«

»Ich versuche nur, einem unschuldigen Mann zu seinem Recht zu verhelfen«, antwortete Jarod ruhig.

»Das reicht!« Richterin Kramer starrte verärgert zur Verteidigerbank. »Mister Whittaker, durch welchen der Anwälte wollen Sie hier vor Gericht vertreten werden?«

Whittaker stand brav auf und schaute zu Jarod, dann zu Sloane und wieder zurück.

»Durch Jarod«, sagte er schließlich und setzte sich wieder.

»Euer Ehren!« Sloane unternahm einen letzten Versuch, zu retten, was zu retten war. »Könnte ich mal eben . . .«

»Es ist vorbei, Mister Sloane«, beendete Richterin Kramer das Hin und Her. »Ihr erster Zeuge bitte, Mr. Holmes.«

»Euer Ehren, die Verteidigung ruft . . . äh, Benjamin Sloane auf«, sagte Jarod.

Im Saal wurde es schlagartig totenstill. Sloane starrte Jarod wie vom Blitz gerührt an. Dann trat er in den Zeugenstand.

»Mr. Sloane«, sagte Jarod. »Sie haben Marcus Whittaker nach Ihrem besten Wissen vertreten. Ist das korrekt?«

Sloane nickte und bedachte Jarod mit einem finsteren Blick.

»Und nach bestem Wissen haben Sie dabei keine Versäumnisse begangen?« fuhr er fort.

»Bei Sloane und Partner gibt es keine Versäumnisse«, erwiderte der Mann grimmig.

»Würden Sie uns dann bitte erklären, wie Sie zu Mister Michael Metzger stehen?« forderte Jarod.

»Er ist ein Mandant«, erwiderte Sloane und rutschte nervös auf seinem Sitz.

»War Ihnen bewußt, daß Ihr Mandant – als der Mord geschah – eine Affaire mit Audrey Price hatte?« Jarod nahm Sloane scharf ins Auge.

»Liegen Ihnen Beweise dafür vor?« Sloane ging in die Offensive.

»Marcus Whittaker wird das gerne unter Eid bezeugen«, drohte Jarod.

Whittaker, der gerade mit dem Putzen seiner Brille beschäftigt war, zuckte zusammen, als sein Name fiel.

»Kommen Sie auf den Punkt, Mr. Holmes«, forderte Sloane.

»Sie haben einiges auf sich genommen, um keinen Zweifel aufkommen zu lassen, daß Michael Metzger zur Tatzeit Gast auf Ihrem Boot war.« Jarod blieb gelassen vor dem Zeugenstand stehen. »Stimmt das?«

»Ich habe gar nichts auf mich genommen«, korrigierte Sloane. »Er war schließlich da.«

»Wissen Sie noch, um welche Uhrzeit Miss Price ermordet wurde?« bohrte Jarod weiter.

»Zwischen . . . äh einundzwanzig Uhr und einundzwanzig Uhr fünfzehn war's, glaub' ich«, erwiderte Sloane.

»Nun, möglicherweise können Sie mir dann sagen, warum Mr. Metzger Sie von seinem Handy aus auf Ihrem Boot angerufen hat um . . . einundzwanzig Uhr zwanzig?« Jarod ging zu seinem Platz zurück. Aus der Aktentasche holte er einen detaillierten Ausdruck von Metzgers Anrufen. Die Liste hatte er aus der Datenbank der Telefongesellschaft kopiert. »An dem Abend, als er doch angeblich bei Ihnen war.«

»Bitte, kann ich das sehen, Mr. Holmes?« Richterin Kramer streckte Jarod ihre Hand entgegen. Jarod gab ihr den Ausdruck.

»Fahren Sie fort«, bat sie, nachdem sie den Ausdruck kontrolliert hatte.

»Laut Protokoll sagte der Staatsanwalt, daß dieses Foto von einem Schuhabdruck am Tatort stammte.« Jarod hielt das Foto des Schuhabdrucks hoch, so daß die Richterin und Sloane es sehen konnten. »Mr. Sloane, sagen Sie uns bitte, wieso das Foto den Geschworenen nicht vorgelegt wurde.«

»Die Zugehörigkeit wurde nicht ermittelt, also hatte es keine Beweiskraft«, erwiderte er und lächelte amüsiert.

»Nun, aber vielleicht kann ich da etwas weiterhelfen.« Jarod drehte sich um.

Annie betrat eben mit einer großen weißen Einkaufstasche den Gerichtssaal. Genau wie Sloane es ihr per Diktiergerät aufgetragen hatte, hatte sie die Sachen für ihn geholt und hierher gebracht.

Annies verwunderter Blick wanderte zu Sloane, dann zu Jarod und wieder zurück.

»Ist Mr. Holmes hier angeklagt?« fragte sie verdutzt.

»Nicht offiziell.« Jarod trat vor Annie. »Noch nicht zumindest.«

Jarod lächelte entwaffnend und nahm ihr die Tasche ab. Er stellte sie auf den Tisch der Anklage und holte einen der Segelschuhe heraus, die in der Tasche waren. »Das ist ein Segelschuh, Größe vierundvierzig aus Mr. Sloanes Kleiderschrank. Sie waren doch an dem Abend auf Ihrem Boot, nicht wahr, Mr. Sloane?«

»Also, bin ich jetzt der Mörder?« spöttelte Sloane und lehnte sich entspannt zurück. »Das beweist gar nichts.«

Jarod warf den Schuh auf die Tischplatte. Als nächstes zog er einen durchsichtigen Beutel aus der Tasche. In dem Beutel war ein Gegenstand in ein blaues Handtuch eingewickelt.

»Nein«, antwortete Jarod und trat vor Sloane. »Aber das hier mit Sicherheit. Die Mordwaffe – befleckt mit dem Blut des Opfers. Mr. Sloane, würden Sie dem hohen Gericht bitte erklären, was die Mordwaffe in Ihrem Boot zu suchen hat?«

»Das ist einfach lächerlich!« stotterte er.

»Ich glaube, Michael Metzger sieht das anders«, fuhr Jarod fort und legte die Mordwaffe auf den Tisch der Staatsanwälte. »Seit dem Mordprozeß haben Sie ihn damit erpreßt. Michael Metzger hat Miss Audrey Price erschlagen. Dann hat er Sie angerufen, um die Spuren zu beseitigen. Aber bevor Sie zur Wohnung kamen, war Mr. Whittaker bereits dort. Er fand das Opfer und rannte in Panik davon. Sie haben zugelassen, daß ein Mann, der unschuldig war, ins Gefängnis mußte. Sollte ich etwas vergessen haben, dann fügen Sie die Punkte einfach hinzu.«

»Euer Ehren, hier sind keinerlei Beweise vorgetragen worden, die ein guter Verteidiger nicht sofort widerlegen könnte«, behauptete Sloane.

»Dann rate ich Ihnen, daß Sie sich einen besonders guten beschaffen«, antwortete die Richterin trocken und knallte ihren hölzernen Gerichtshammer auf den Tisch. »Ich lasse Sie wegen Beihilfe zum Mord verhaften, und ich erlasse Haftbefehl gegen Michael Metzger wegen Mordes. Das Gericht vertagt sich.«

Zwei Polizisten flankierten Sloane und führten ihn zum Seitenausgang.

»Welche Rechtsprechung wird hier eigentlich praktiziert?« schrie er wütend der Richterin hinterher.

»Die Art Rechtsprechung, die auch für Millionäre gilt«, antwortete Jarod.

Er ging zu Whittaker und schüttelte ihm die Hand. »Gratuliere, Marcus. Sie sind ein freier Mann.«

Dann nahm Jarod seinen braunen Aktenkoffer, mischte sich unter die Prozeßzuschauer und verließ den Saal. Er bog um eine Flurecke – und sah im selben Moment Miss Parker, Sydney und den *Center*-Agenten.

»Los, Sam!« befahl Miss Parker dem Agenten. »Wir fangen ihn unten an der Treppe ab!«

Jarod machte kehrt und hetzte die Treppe hinab. Sam, der Agent, war ihm dicht auf den Fersen. Er zückte seine Pistole, um Jarod am Ausgang notfalls mit Gewalt zu stoppen.

In der Eingangshalle hatten zwei Polizisten Dienst. Jeder, der das Gerichtsgebäude verließ, mußte an ihnen und ihrem Metalldetektor vorbei.

Ehe sich die beiden Polizisten versahen, sprintete Jarod vorbei. Dicht dahinter rannte der Agent mit der Waffe in der Hand. Sofort stürzten sich die beiden Polizisten auf ihn. Nach einem kurzen Handgemenge entwendeten sie ihm die Waffe.

»Lassen Sie los!« tobte Sam. »Ich habe die Erlaubnis, eine Waffe zu tragen!«

Jarod mischte sich derweil auf der Straße unter die Passanten.

Als Miss Parker und Sydney den Ausgang erreichten, war von Jarod weit und breit nichts mehr zu sehen. Nur sein brauner Aktenkoffer stand auf der Schwelle neben dem Ausgang.

Die Frau hob ihn auf und öffnete ihn. Doch statt der erhofften Disketten enthielt der Koffer bloß einen Zettel, auf dem: *»Du hast mich betrogen, Sydney«*, stand.

»Beim nächsten Mal werde ich den kleinen Bastard einfach gleich erschießen«, giftete Miss Parker und knallte die Aktentasche zu.

17. KAPITEL
Der Brieffreund

Jarod ging in die nächste Seitenstraße. Dort parkte Isaacs Taxi. Er stieg ein und fuhr noch einmal am Gerichtsgebäude vorbei.

In Höhe des Eingangs kurbelte er das Seitenfenster runter und winkte Miss Parker zu.

Sie starrte Jarod an wie eine Fata Morgana. Dann rannte sie mit Sydney zu ihrem Auto und schwang sich hinter das Steuer. Sydney stieg auf der Beifahrerseite ein. Miss Parker drehte den Zündschlüssel und ... nichts. In dem Auto funktionierte nichts mehr.

Sydney spürte, wie Heiterkeit in ihm aufstieg. Schließlich konnte er es nicht länger unterdrücken und stieß ein lautes Lachen aus. Miss Parker starrte ihn an wie einen Irren.

Zwanzig Meter weiter lehnte Sid lässig an dem Gerichtsgebäude. Der Junge und seine Kumpel hatten bei Miss Parkers Wagen gute Arbeit geleistet. Das war Jarod einen Zwanziger wert gewesen. Im Vorbeifahren winkte Jarod dem Jungen zu. Sid tippt sich mit zwei Fingern gegen die Stirn und grüßte zurück.

Metzger wurde noch am selben Tag verhaftet und in das Untersuchungsgefängnis gebracht. Polizisten führten ihn durch einen Gang an Gitterzellen vorbei, in denen die anderen Gefangenen saßen.

»Hören Sie, ich will meinen Anwalt sprechen, verstanden«, protestierte Metzger. »Ich sagte, ich will meinen Anwalt sprechen!«

Ein Polizist öffnete die Tür zu einer Zelle. Nebenan, nur durch ein Gitter getrennt, saß Sloane und brütete dumpf vor sich hin.

»Da haben Sie Glück«, grinste der Polizist und schob Metzger in die Zelle. »Denn genau dazu haben Sie jetzt viel Zeit.«

Whittaker kehrte noch einmal in seine alte Gefängniszelle zurück und packte seine Habseligkeiten. Mit einem schäbigen alten Koffer in der Hand trat er als freier Mann hinaus in die Sonne und die Freiheit.

Am Straßenrand stand eine Limousine. Verwundert blickte Whittaker auf den Chauffeuer oder die Chauffeuse oder beides. Isaac trug einen dunklen Blaser mit passendem Rock, Strümpfen und Pumps. Unter der Chauffeurmütze quollen die blonden Haare seiner Perücke heraus.

Isaac öffnete die Hintertür, und eine zierliche Frau Ende Fünfzig stieg aus und strahlte Whittaker an.

»Ma!« Whittaker rannte zu seiner Mutter und nahm sie in die Arme. »Wie kommst du hierher?«

»Jemand hat mir ein Flugticket geschickt«, antwortete sie.

Isaac beugte sich in den Wagen, nahm einen Karton heraus und gab ihn Whittaker.

Er öffnete den Deckel und hob eine wundervolle Papieruhr heraus.

»Was ist das?« fragte seine Mutter.

»Eine Papieruhr.« Whittaker fand einen handgeschriebenen Zettel unter der Uhr. Darauf stand:

Jetzt hast du alle Zeit der Welt. Genieß deine Freiheit, Marcus. Dein Brieffreund, Jarod.

Irgendwo in Texas bereitete sich der neue Superstar der Rodeoshow auf seinen großen Ritt vor. Er schob seinen Stetson tief ins Gesicht. Die Lederjeans würde einen Sturz so abmildern, daß es keine Knochenbrüche gab – hoffte er zumindest.

Der Mustang unter ihm tänzelte unruhig in dem engen Verschlag. Links und rechts griffen Helfer durch die Latten und zogen noch einmal Sattel und Steigbügel fest.

»Festhalten, Junge«, riet einer der Helfer.

»Ich hab's!« Der Reiter umklammerte beide Zügel mit seinen Lederhandschuhen.

»Alles klar?« fragte der zweite Helfer.

»Acht Sekunden?« erkundigte sich der Reiter nach der Zeit, die er für den Sieg im Sattel bleiben mußte. »Das ist alles?«

Der Helfer nickte.

»Acht Sekunden?« wiederholte der Reiter und gab das Startzeichen. »Acht Sekunden, okay! Laß das Biest laufen!«

Das Gatter wurde geöffnet. Der Mustang galoppierte in die Arena, buckelte und keilte wild aus

»Wie ein Wirbelsturm kommen die beiden da rausgeschossen«, kommentierte eine Lautsprecherstimme den Ritt für die Zuschauer des Rodeowettbewerbs. *»Ladies und Gentlemen, was für ein Ritt!«*

Die acht Sekunden verstrichen, und Jarod saß immer noch im Sattel. Gegen das, was er seit seiner Flucht aus dem *Center* erlebt hatte, war dieser wilde Teufelsritt ein Kinderspiel.

Band 12648

Robert Tine

Nach eigenen Regeln
Mulholland Falls

Wir schreiben die fünfziger Jahre von Los Angeles, und ein Hinweisschild ist allen Drahtziehern des organisierten Verbrechens eine Warnung: Sie haben in dieser Stadt nichts verloren, und sollten sie L.A. dennoch unsicher machen, wird sich ihrer eine vier Mann starke Elitetruppe des L.A. Police Department annehmen. Und dann Gnade ihnen Gott!
Die vier Cops lösen jedes Problem. Ihre Polizeimarke macht sie unantastbar - bis zu dem Tag, an dem sie mit der Aufklärung des Mordes an einer jungen Frau beauftragt werden. Bei ihren Nachforschungen stoßen die Cops in höchste Führungsebenen der Regierung vor und finden sich plötzlich tief in einem Sumpf dunkler Geheimnisse wieder, in dem nur die Kaltblütigsten eine Chance haben zu überleben ...

BASTEI
LÜBBE